名為我的天體，名為他的宇宙

——關於我那些莫名其妙的愛情、閱讀及平凡日常

角田光代
葉韋利——譯

目次：

別沉溺在戀愛中的言語！

旅行與書本的每一天

跟著書一起走

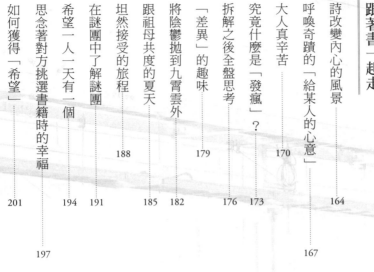

〔序〕

現在，在做什麼呢？——百分之百的平凡

長久以來，我都認為自己的想法差不多是一般標準。這完全不是囂張認為「我就是宇宙的中心」，只是我覺得自己「非常平凡」。

非常平凡地成長，非常平凡地戀愛，非常平凡地閱讀，有非常平凡的感想，過著非常平凡的生活。

而且，我也深信絕大多數的人都是這樣，過著非常平凡的每一天。每個人都在差不多的日子中，思索著差不多的事情。

說來我一向不喜歡展現個性。日本人的民族性就是缺乏個性，或是個性太鮮明的話會被要求低調，跟別人一樣才安心，在群體中標新立異容易遭受批評，於是所

有人打扮得一樣，時不時要東張西望，留意自己的生活得跟其他人差不多。這樣的提醒在我的成長過程中不斷時有所聞，另外，我自己的小小腦袋也想得很多。最後得出結論。我最討厭有個性，還是跟大家一樣最踏實。非常符合日本民族性，非常消極的結論。

好比制服。制服，多麼令人安心！我從小穿制服長大，進了大學突然再也沒有制服，讓我不知所措。先別說不知道該穿什麼才好，就連要買什麼也沒頭緒，甚至我曾因此想過乾脆退學算了。

時至今日（三十六歲了），我仍心想要是有制服就好了。如果有類似「不滿三十歲」、「不滿三十五歲」這樣依照年齡來區分也無妨，總之好想穿制服。這麼一來，就不必每天煩惱要穿什麼了。

這當然是比較誇張的想法。不過，我的想法是，個性實在不需要培養、發展，或是特別重視、強調。總之它就在那兒了，剩下就是自己該如何跟個性協調、磨合。

因此，我最喜歡平凡、平均值、跟大家一樣。多年來，若要問我什麼是最有個性，我會回答平凡最有個性。

面對二選一的狀況時，一個選項是極其平凡，另一個選項是非常罕見，我百分之百會投平凡一票，無論另一個選項多罕見、多吸引人。我就過著這種沒什麼不好的日子。跟大家都差不多的生活，談著差不多的戀愛，度過差不多的假日。多年來人生的目標就是當個平均值正中央的人。

我的工作主要是寫小說，此外常接些撰寫愛情散文或是新書介紹的案子。其實這也是因爲我自認是在平凡平均值中的人，才有辦法辦得到。畢竟我對於戀愛的種種並非熟悉到能信手拈來，大書特書，談戀愛的成功率還有效率都不怎麼高；閱讀方面也稱不上有什麼特殊的自信，況且我閱讀的領域非常另類（倒不是個人喜好，純粹是機遇的問題）。不過，正因爲覺得自己的行爲、自己的感受，百分之百都極其平凡，才能夠寫出這些內容。

然而，這實在太諷刺了。因爲在我撰寫收錄於本書中的愛情散文時，才發現「咦？不太對呀！」

這些內容是由《PERSON》這本雜誌在兩年之中連載的文章集結而成。當初的主題訂爲愛情，每次寫完都會跟責編（女性）或是剛好讀過文章的熟人、朋友、工作夥伴等聊起來。好比算計著退一步或是進一步……還是在這種狀況下的戀情會怎麼發展……不對不對，男人啊都是這樣……總之，聊開之後每個人都暴露了過去的各段情史。

從這些對話中，我彷彿發現自己的過去、經驗，以及培養出的愛情觀、男性觀，還有自己整理思緒的方式，根本不是我過去相信的「極度平凡」，簡直是非常極端。而極端的方式又不是那種帥氣的類型（宛如戀愛傳奇，或是宛如戀愛高手），完全是走窩囊、悲慘的極端路線。

當然，回過頭來，包括我的責編在內，跟我聊過的衆人就「平凡」了嗎？也沒這回事。怎麼好像大家都有很罕見、轟轟烈烈的戀愛經驗。於是，我發現我又再次無可救藥地衝撞上面前的「個體」。

其實，從過去我心中就一直有個謎。凡是在戀愛時接受我的建議而且執行的朋友，毫無例外都沒有好結局。我喜歡愛情，也熱衷聊這類話題，因此如果有人找我商量，我會非常認眞爲對方解答：「如果是我就會這麼做。」而我也眞心相信會成功。然而，從來沒有半個朋友照做之後成功的。這究竟是怎麼回事呢？我不禁納悶，但謎底終於也揭曉了。因爲一個「個體」無論對另一個「個體」說了什麼，問題本身都在於「個體」，好的建議也派不上用場。啊啊，這「個體」眞討厭。

既然這樣，不如全都反過來。因爲每個人都有特殊的戀愛怪癖，使得這才是平凡。偏激扭曲的愛情，才是這世界上的平凡。如果有人在平均年齡跟一般人談戀愛，以平均次數接吻、肢體接觸，那麼，這種人才眞的非常特別。

這種現象一定不僅限於談戀愛，套用在任何狀況下都一樣吧。好比旅行的方式，閱讀的方式，日常生活的方式。甚至吐司的吃法、晾衣服的規則、洗澡的習慣……一切大小細節最好都走稀有的極端，因爲這樣才叫「平凡」呀。

每次我外出旅行，淨碰上一些怪事。想必大家是用截然不同的方式過生活。好比只爲了騙我十塊錢卻花了一整天死纏爛打的那個人？好比明明要搭其他巴士卻陪我等車等了好幾個小時的那個人？我就會碰上這種事情。我去過女人會站著小便的村落，也到過男人穿裙子的國家。見過表達肯定時搖頭，否定時點頭的人。有的地方小學生抽菸是日常情景，也有吃一頓午飯得花三個小時的人。在長途巴士上有人隨身帶著整套寢具，有的國家法律規定出家僧人可以免費搭乘客機頭等艙。所有人都好奇怪。怪得不得了，經常讓我感到混亂，甚至產生誤解或爭執。旅程之中，我不知道有多少次因爲陷入這種「怪象」而大哭驚慌。

無論是「推己以及人也」，或是「己所不欲勿施於人」，我都是在學習中成長，盡可能做到這樣。然而，這麼一來就跟我提供談戀愛的建議一樣，我的想法究竟對不對呢？雖然我不想在初次見面就被對方親吻，但一定有人喜歡的吧？啤酒喝了半杯，有人幫我加滿我會很開心，不過應該有人心想有完沒完啊。哎唷，好煩哪。如果大家都跟我一樣該有多輕鬆！世界上大概就沒有革命沒有進步也沒有發展，但保證能和平度日。

現在，面對朋友來找我商量談戀愛的煩惱，我再也不給建議了。別人做了讓我開心的事，我不會照做；不喜歡別人對我做的事，我倒也不怕對別人做。我再也不「設身處地」爲別人想。以往我習慣的事情一切作罷，相對地，我只想這麼問。

現在，在做什麼？在幹嘛？在做些什麼事？

吃早餐、吃午飯、聽到有趣的事笑到翻過去、氣得不住跳腳、睏得不得了躺下小睡一下、難過到掉眼淚……就像這樣，就算再怎麼與衆不同，每個人一定也會做一些「平凡」的事。

這本書收錄的文章，除了我那些莫名其妙的戀愛，閱讀後莫名其妙的感想，都是極度平凡的日常。希望在閱讀時，也能讓讀者想到自己極度平凡的每一天。

名為我的天體，名為他的宇宙

戀愛三稜鏡

契合度 Affinity

講到談戀愛，大家很自然會提到「契合度」，但「契合度」究竟是什麼呢？最近我開始思索。二十幾歲時講的「契合度」其實非常單純，只要在一起感覺開心的，就是契合度高的對象；在一起覺得彆扭，就是合不來。正因爲如此，才會產生「眞實自我」的想法。所謂「眞實自我」，就是希望對方喜歡自己原有的面貌，以這樣的人當作理想對象。試探在自己毫無修飾之下是否仍有很高的契合度。不過，在討論契合度之前，究竟「眞實自我」又是什麼呢？三十歲之後我突然有這樣的疑問。

假設這個女生叫做良子好了。是我的一名女性朋友，從事跟我差不多的自由業。大約兩年前，良子跟新任男友展開同居生活。每次我到她家玩，總忍不住思索，良子眞的變了。在良子的面前，日間是再清楚不過的白天，晚上就是純粹爲了睡眠而在的闇夜。她一大早做早餐，送了男友出門上班，晚上等男友下班一起吃晚飯。有時候到良子家玩，會看到她親手做的菜擺滿小餐桌，甚至比放在地上的酒還多。接近午夜十二點，兩人雖然都沒開口趕我，家中卻升起解散的氣氛，我不敢這股嚴肅的壓力，只好獨自默默打道回府。勉強像是自言自語說著：嗯嗯，菜倒是做得不錯嘛。

說起過去的良子，那可是頹廢虛無派的代表。日夜顚倒，跟男友講沒幾句話就吵起來，吃的全是垃圾食物，要是手邊剛好沒零食，把啤酒當飯她也不以爲意。有時候她男友眞的看不下去，還會做飯給我們這幾個廢話講不停的人吃。也因爲這樣，他們倆老是有吵不完的架。

我原先以爲，良子的轉變是因爲年紀的關係。就像人家說的「趨於安定、穩重」，良子在三十歲之後跟她喜歡的人一起生活，也變得安定、穩重。直到最近，她和男友分手了。

等不及同居的房子租約期滿，兩人就各自搬家，我問良子爲何這麼急，她說眞的累慘了。坦白說，她對於自己能過這種規律生活也大感意外，更驚人的是這樣的生活還讓她感到非常踏實。但是，但是，同時卻感到莫名其妙的是……，她窺探著我的表情。「有種說不出的疲勞。」很開心，但也好疲憊。從前那般荒唐的生活眞討厭，但比起來還算好的。自己究竟想怎樣呢？

他是會要求女方做家事的人嗎？我問。那倒不會，她說。其實他不會要求那麼多，但怎麼說呢，感覺跟他在一起就不知不覺這麼做，似乎一定得規規矩矩才行。啊啊啊。一個人搬到新住處之後，良子躺在簇新的榻榻米上像小孩子一樣嘆氣。我眞的好愛他好愛他哦。而且兩個人眞的處得很好呀。明明處得很好卻還是行不通。敞開的窗外是一片宛如布料的藍天，良子卻背對著那片藍天喃喃自語。我發現，讓她無法忍受的似乎不是男友，而是跟他在一起的自己。同時，我在內心深處忍不住質疑，所謂契合究竟爲何？

只有在跟那個人相處時，才會突顯出自己的某個部分。幼稚、謹慎、任性、溫順等等。有時候，甚至冒出自己從來沒發現的另一面，大感意外。窩囊、冷靜、善妒……。麻煩的是，就算全部都有正向的反應，也不保證萬事順利；相反地，有時候看起來淨是負面，關係卻能維持得長長久久。大家都知道，把酸性清潔劑跟鹼性清潔劑混在一起，一定會產生毒素，但自己跟邂逅的人在一起，會發生什麼事，卻無從預料，也不知道產生的結果將對自己誘發什麼樣的作用。

我心想，眞實原有的自我，對上跟某個人在一起的反應，是多麼微不足道啊。無論跟某個人共享過多少時間，我們隨時隨地——好比在深夜的垃圾收集場、車站月臺上、銀行的長長隊伍中——都無奈得面對自己一個人。既然這樣，不如徹底解放因心儀對象而出現的那個陌生的自己，還比較好。

於是我這麼想，契合度這玩意兒根本不存在。自己過去秉持的經驗、價值觀、速度、優先順位，這些種種跟名爲「他人」的異物衝撞之下，會出現微妙的反應。這反應讓人喜歡或不喜歡，就決定了這段戀情未來的方向。而反應中無法預測的部分，想必是談戀愛的趣味所在。

錯覺 Illusion

「你喜歡我的什麼地方？」我曾跟朋友聊到這個話題，如果問男友或先生時，對方怎麼回答會比較開心。也就是說，被別人稱讚內在會比較開心，還是外表。

令人驚訝的是，大多數女性朋友的回答都是，當然是喜歡被稱讚外表呀。喜歡妳的臉蛋，喜歡妳的腿，雙眼超迷人，肩膀的線條美得不得了……似乎很希望對方這樣一直講下去。其中甚至還有個朋友提到，現任男友說她屁股長得好看，讓她打從心底感動。這已超越了我驚訝的境界，簡直不可思議。

我呢，絕對是百分之百的內在派。希望別人說我心地善良、個性溫柔。但這輩子從來沒有男人誇讚過我的內在。手很漂亮，頭型很美，最後還講到背影好看。這世界上有哪個女人被說背影好看會覺得開心的啊？

我向那些崇尚外表派的人提出反駁。臉蛋會變老，腿說不定哪天會變胖，胖了之後原先的大眼睛會變小，屁股日漸下垂。總之，外表很容易出現變化，對方因爲這些地方而喜歡妳，值得高興嗎？然而，外表派似乎有她們自己的理念，認爲內在派更沒意義。

我啊，友人麻里子激動地說，以前有一任男朋友說過，他喜歡我的玻璃心。欸，妳覺得我是那麼敏感纖細的女人嗎？——不覺得。我沒惡意，但我這個朋友根本是擁有鋼鐵級堅強心智的女人。話說回來，被說有顆玻璃心不是很令人心動嗎？

結果，我找不到外表派或內在派之間的交集，於是我轉往理論上經常被問到「喜歡我哪裡？」的男方。欸，照理說是要稱讚內在吧？你聽到人家誇獎你的內在美比較開心吧？在我逼問之下，男性友人一號卻提出跟女生們不太相同的見解。

我跟妳說，男女在一起都會吵架吧？吵起來會大罵什麼蠢女人之類的，但面對一個像瘋婆子似的女人，會特別想到「不過這女人有一顆善良的心耶」這件事嗎？不會吧。卻很可能嘴上大罵蠢女人，同時面對面時心想：「但我就是愛她那雙眼睛呀！」或是「這女人雖然神神經經，但只有那雙腿還眞不是蓋的。」通常想想就能釋懷，這樣不就能避免最糟糕的結果發生嗎？

但這樣我就進一步想問了，萬一外表變了，難道吵完架就無法釋懷了嗎？好比過去有一雙美腿的女人，如今卻不復見，在爭執的當下想到這件事，難保不會更火大吧？

我像寫研究論文一樣，針對這個主題拚命追根究柢，然而，有件事讓我無法忽略。其實「你喜歡我哪一點？」這個問題的答案，根本全是騙人的。說什麼屁股的形狀超美，但絕不可能只因爲這樣就激發出「喜歡」的情緒。在屁股上方還有她的身體、她的臉蛋，裡頭還有充滿矛盾的內在，從這整體中感受到某個無法理解的因素，才一點一點構成「喜歡」。如果把自己當作主詞來想想，就再清楚不過。

即使發現這個道理，我仍舊忍不住想問對方，喜歡我的哪一點。

「喜歡」，這股情緒是正面、肯定的。我希望隨時了解獲得肯定的原因。由於肯定是堅定不動搖的，我忍不住想要知道證據。

這雙手、這雙腿，雙眼跟屁股，無論再怎麼美麗，或是自己覺得討厭，其他人喜歡或不喜歡，總有一天會改變，抵擋不了，一天天消失。另一方面，如同麻里子所說，人的內在有太多不同面向，就連自己都無法理解。結果兩者其實都是錯覺。

我們現在這副外表，擁有的內涵，都是一剎那；而對於某個人無可自拔喜愛的情緒，則比一剎那更短暫。「你喜歡我哪一點？」這個問題恐怕會讓我們覺得一切不再是剎那，反倒更接近永恆。一個問句，或許就是這麼蠢，卻又如此惹人愛憐的關鍵句。

面對這個問題時，一臉正經回答說這沒辦法三言兩語講完啦，這種男人我真的愛不下去。我也不奢求，但至少被誇讚背影還令人開心一點。

料理 Cooking

男人的拿手菜。我最討厭這玩意兒。

當然，在這遼闊的世界中，想必哪個角落會有我喜歡的男人的拿手菜。所以嚴格講起來，我應該要說至今吃過的男性料理還沒有一樣讓我喜歡的。

首先，男人做菜往往成本很高。男人會購買好的食材，但因爲無法眞正分辨好食材，結果變成純粹買貴的。如果當事人日常生活就是如此，那倒無妨。恩格爾係數[1]萬歲！然而，幾乎所有男人都並非如此，而是豁出去購買高價食材。

從陪著採買的階段，我已經有點想發火了。昂貴的義大利麵、昂貴的起司、昂貴的鮮魚、昂貴的蔬菜、昂貴的油。這些我平常在內心不住糾結，要買嗎？不了，好浪費。但好想買來試試看，不然要招待客人時再買好了……這些食材男人竟然能一副趾高氣昂，拿了就往籃子裡扔。然後開始賣弄「沒有好食材就做不出好料理」的見解。這如果不是單純的賣弄還更麻煩。高價就等於好食材，好食材就等於美味的料理，這些男人像是遵守純粹主義的清教徒，對此深信不疑。

接下來，在烹調上會花上大把時間。我們對飲食有很多要求——營養均衡、幸福感、心靈交流——但其中最重要的就是要填飽肚子，愈快填飽肚子愈好，照理說是這樣，但男人總是很容易忘掉理所當然的這一點。如果能七點鐘準時開飯，其實調理過程得花上多少時間我都沒意見。不過，要是五點開始動手，到了快八點還沒飯可吃，那就頭痛了。

不知道我自己生理上有什麼缺陷，但只要肚子餓得慌，就會臉色發白，不住冒冷汗，雙手發抖，繼續發呆下去還會頭暈甚至昏倒。真的不是開玩笑。在冒冷汗階段，通常就靠趕快吃飯，或吃顆巧克力來解決。不過，在廚房中大展身手的男人，

1 Engel's coefficient。指家庭開銷中伙食費所占的比例。

當然絲毫不會留意到這類特殊狀況，不管我在一旁臉色慘白，或是滿頭冷汗，總之，他就是要耗費時間做出自己滿意的料理。沒錯，他們如此深信。貴的就等於好食材，同樣的，烹調時間也與餐點的美味程度成正比。

讓我看不順眼的地方還很多。他們把全副精神集中在做菜一件事情上，那股專注就像心無旁鶩的孩子，非比尋常。結果把鍋子燒焦，整個廚房弄得亂七八糟，用了不知道多少個盤子，還大呼小叫，咋舌呼喝，下意識使喚著肚子餓癟且冷汗頻頻的女人。

而且，他們沒有菜色搭配的觀念。排場看起來這麼大，結果當天的晚餐好比咖哩的話，就只有一道咖哩。或是一道義大利麵。一道肉類料理。或是一道海鮮料理。晚餐的餐桌上只有一道菜。那份空虛、寂寥、窮酸、無奈，他們全視爲無物。因爲那絕無僅有的一道，是他們精挑細選食材、不惜斥資，耗費時間精心烹調，講究再講究後端出來的極品料理。

最後一個讓我看不慣的，就是男人對料理完全沒有長時間的上進心。從他們極其容易受傷就看得出來。覺得有點鹹、吃起來哪裡不太夠味、口感好像粉粉的……只要針對他們端出來的極品有任何一絲帶有負面的意見，男人的情緒就會盪到谷底，失落無比。他們缺乏一種像是「好吧！下次再挑戰！」的天眞開朗鬥志。於是，不願意因爲評論料理而傷害到玻璃心的我，只能讚不絕口。好吃，好吃，眞好吃！太好吃了！

男人在做菜時，似乎食慾、美味這些原始渴望，或是活動、約會等目的性質，都無關緊要，總要以美學爲優先。不知爲何，男人的熱情與美學不見於工作、人際關係或日常生活中，卻總在「料理」這個不痛不癢的地方發揮到淋漓盡致。

話雖如此，當心儀的男人大聲宣布他要做菜時，我縱使內心嘮叨幾句，也絕不會出口阻攔。

男人的熱情與美學，總是很滑稽，帶點令人不捨，永遠那麼脆弱又寂寥。因爲你是男生呀！或許一路走來都得聽人講著這句話吧。然而，男人那股莫名其妙卻又顯得孤高的精神，無論如何，我還眞是狠不下心來討厭。

壞男人 Scoundrel

在我還是個非常非常年輕的小女孩時，我深信世界上（尤其在都會區）有個叫做「壞男人」的物種。比方，我媽會說，妳要小心壞男人之類的話，神情看來還不像在開玩笑。電視節目、漫畫裡，也會出現壞男人。因此，就像知道「澳洲好像有種叫做『小袋鼠』的動物」一樣，我也認爲「大都市裡棲息著會蠱惑女人的壞男人」。但講到男人，其實我只知道自己的父親跟老教師，於是如同我想像小袋鼠這種陌生的動物，我也自行在腦中描繪「壞男人」的形象。

想必非常帥氣吧。能言善道。成熟又瀟灑，而且還有點錢，先不論本性如何，至少外表看來溫柔體貼。女人就這樣神魂顚倒，被耍得團團轉，哭了一場又一場，等到回過神來身心都受重創，錢財也被掏空。我猜一定發生過這種事。

我這種人要是招惹上壞男人，保證完蛋吧，一定得小心才行。當年還是個小女孩的我，就是這般謹慎懷著戒心，走出全是女生的學校，踏進有一大群年齡相仿男孩的世界。

然而，一旦身處其中才發現身邊根本沒有想像中的那種人。大家都跟剛離開女校的我差不多，有些生澀笨拙，惶惶不安，卻也不可否認內心透著一絲飢渴，看起來全都是這樣的好人。這下子我放心了，壞男人想必都棲息在其他地方吧。於是，我和跟自己差不多青澀的年輕人，談了幾場戀愛。

然後，我發現了，竟然還沒遇到過壞男人，自己卻像過去想像的那樣，對某個人神魂顛倒，讓人耍得團團轉，雖然沒被騙取錢財，但也哭得很慘，一顆心還不至於支離破碎，相較於過去的確多了幾道傷痕。那麼，究竟是哪裡的壞男人讓我落得這個地步呢？我睜大了眼睛四下張望，身邊仍舊跟過去一樣，全是看起來樸拙老實，一臉好人樣的男人。

從女校畢業，離開家裡，來到可能是壞男人棲息地的大都市生活，算算也有十五個年頭了。我自問在這漫長的歲月中，是否實際遭遇過壞男人這個物種呢？答案是否定的。讓人覺得心煩的，或是劈腿成癮的，毫不掩飾缺點的可悲人物等等，這種男人我看了好多，卻從來沒見過壞男人。然而，若問我對於壞男人眞的一無所知嗎？我其實莫名其妙還滿了解的。

我終於領悟到，雖然壞男人不存在，卻有很多對我而言有不好影響的男人。哎呀呀，曾經定義壞男人是帥氣、成熟又瀟灑的我，眞是太幼稚了。就我所知，那些傷我不比壞男人輕的，都是形象剛好相反的男人。沒錯，認眞說起來，我身邊淨是這些對我極可能有不良影響但表面看來都是好人的男人，然後我愛上的也是這種人。

好人忠於自己，凡事誠實，不願傷害任何人，也不想惹上麻煩。當這些成爲好人的條件恰好一項項重疊起來符合之下，就會以一股強大的力道傷人。而且受傷的一方絲毫不懂爲什麼。這就是他們異於常人的超凡技藝。

有時聽到女性朋友說，因爲忘不了分手的情人，沒辦法展開下一段戀情。我都忍不住猜測，分手的對象是不是就是我說的那種好人呢？對於分手的原因，或是自己受傷的原因，就算誤會也無妨，但如果完全摸不著頭緒，人將無法把自己抽離身處的情境。直到他們明白是怎麼回事。

你愛我嗎？問交往中的男人時，「當然愛呀！」這樣回答的男人，他的頭腦簡單與不誠實一點都不會傷到我。但萬一有男人回答：「愛，究竟代表什麼？我不懂。」這男人的純眞與誠實才讓我深深受傷。我終於懂得這個道理了。

過去我曾說，自己喜歡眞誠的男人。我想，那就跟我曾相信有壞男人這個物種一樣，太不了解這個世界吧。太年輕的小女生，才會有這種想法。

話語 Words

相信大家都有類似的想法，男人的某個部分讓你無可救藥地愛上，相反地，有些地方卻是說什麼都不能接受。我指的不是長相、個性這類整體的大方向，而是更微不足道，更小的地方，好惡才顯得明確吧。好比說，手指的形狀、聲音，以及後頸毛髮的濃疏之類。

其中，我認爲「話語」也包含在內。而且最近我愈來愈有這種感覺。

閱讀小說，或是寫小說時，會發現人與人的對話大概就是一種類型。該說一種類型嗎？總之就是很容易彼此代換的形式。例如，有個人說「天氣眞好啊。」另一個人就會接「是啊。」但若是在「天氣眞好啊。」回應「混蛋！你說什麼呀！」那麼，就會改變對話的模式。

連續劇跟電影也一樣，如果對話不保持一個固定模式，劇情就發展不下去。像是一旦發生危機就需要告訴大家，讓眾人避開才行；男女邂逅萬一無法順利對話，就不會墜入愛河。無論是合不來，或是無緣錯過，總是得在對話成立之後才會發生。

但大家仔細想想實際生活上的情境。其實沒什麼人能這樣光靠一種模式持續對話吧。例如，前陣子看到好久不見的母親，她胖了好多。妳怎麼變得這麼胖啊？我問。母親回我，人家跟我說，一般店家沒有尺寸，我就到了專賣大尺寸的店家。乍看之下像是很正常的對話，我們倆也不疑有他，之後繼續有來有往講個不停。但根本是雞同鴨講，就像「天氣眞好啊」跟「混蛋！你說什麼呀！」一樣，各說各話。再多講一會兒就會吵起來。欸，妳到底有沒有在聽啊？這就是典型的模式。

連這輩子第一個教我說話的人都是這副德性了，更別說跟其他性別、年齡以及生長環境都不同的陌生人，光是能溝通就已經太了不起。遑論對方的言談（對我而言）具有魅力，然後長相又是百分之百自己喜歡的類型，這簡直就跟奇蹟沒兩樣了。

我曾經跟某個男生交往，當然是兩情相悅，兩人相處得很融洽，除了一個小地方。那就是只要跟他在一起，我就變得莫名易怒。我的朋友裡頭，有十成十都覺得我是個性溫和的人，只有心愛的他深信我是沒耐性的女人。

在我們交往期間，我始終納悶爲什麼自己這麼容易生氣。這是個謎，也是我的煩惱。就算所有朋友認爲我沒耐性也無所謂，總希望男友覺得我是個溫柔的女人。

不只因爲我的沒耐性，之後還有很多原因錯綜複雜，導致我們終究分道揚鑣。但在那之後我還是忍不住思索，當時爲什麼這麼易怒。有一次我突然驚覺，問題就出在對話。他說的話，還有我跟他的交談，不知爲什麼我就是不喜歡。

例如，約會時他遲到了。我已經等你等了半小時啦！我說。工作就是弄不完呀，他答道。好比他摔破了盤子。那是我很寶貝的盤子耶！我說。就一不小心手滑了嘛，他回應。

跟你說我等了這麼久，告訴你這是我心愛的盤子，就只不過要你一句「對不起」罷了。聽不到這句話，就讓我一肚子火。當然，這不代表錯全在不道歉的他，而我絲毫沒有錯。因爲在約定時間沒見到人，可能擔心他出事，打破盤子時關心有沒有弄傷了手，這些想法壓根沒出現在我腦子裡。更慘的是，雙方都沒察覺到這一點，還一股腦兒自說自話。

前幾天，我在從千葉駛往東京都市區的電車上，隔壁坐了一對年輕情侶。兩人的對話聽得很清楚。欸，那個好好吃哦，腳踩厚底涼鞋的女孩說。哦哦，眞的很讚耶，穿著鬆垮牛仔褲的男生回答。好想再去吃哦。的確滿好吃，很有水準。這麼好吃就算排隊也甘願呀。因爲實在很不賴嘛。這段對話實在太沒內容，我聽了都傻眼。但電車陸續跨越兩條河，進入東京都，他們倆還沒完沒了，哎唷好想再去吃哦。對呀，好吃死了。光是這樣就能讓對話成立，聽著聽著，我竟然爲這兩人的言談如此契合而大受感動！你們倆千萬不要放開彼此的手呀！目送著這對小情侶下車，我在內心暗自爲他們加油打氣。

行李 Luggage

我第一次遇到會幫女生，嗯，不對，是幫我提行李的男生，是在我三十歲之後。過去無論手上的行李有多重——哪怕袋子裡裝了三顆保齡球——我一直都是自己提。因爲身邊從來沒有隨口說出「我幫妳提吧！」的男人。於是，我始終深信自己的行李就該自己提。

從清一色女生的高中畢業之後（也就是還沒認識半個男生），我進入男女同校的大學，進入戲劇社。悲劇就此展開。

戲劇社都是在賣勞力的。製作、銷毀大型道具，運送塞滿服裝、小型道具的大件行李。製作大型看板，然後搬到某個定點放置。暗中偷摸走其他社團的看板藏起來……等等。勞力之前，不分男女，我們女生也得跟男生一樣賣力，一偷懶就會挨罵。除非累到昏倒，才能獲准休息，卻很少遇到這般幸運。

提著相當於三顆保齡球重量的行李，無止境地往前走。不行，我撐不下去了。這時，看看旁邊的男生也是提了滿手重物。在瞬間我體認到，沒有人幫得了我。除非自己把這些東西搬完，否則就無法從這層地獄裡解脫。

只有一次，我求助了其他男生。那次我手上提的東西眞的太重，看到旁邊的學弟兩手空空，就開口要他幫我拿一件。豈料兩手空空的學弟回答：「學姐，那是妳的東西吧？」我居然也不生氣，還心想說得也是。可見「慣性」有多可怕。

不知道跟行李有沒有關係，我認識會請女生吃飯的男人，也是在三十歲之後的事。不會幫忙提行李的男生，很難想像會請女孩子吃飯，就算有，當時大家都是窮學生，因此我讓人請吃飯的次數寥寥可數。而且之所以被請客都不是「因爲是女生」，而是「因爲幫忙搬家」、「因爲借了筆記影印」，總之都是勞力對價的報酬。

自己的行李自己提。自己的帳單自己付。崇尚女性主義的女性友人，激動表達堅決不該讓男人請客，我在一旁跟著附和對呀，就是說呀。然而，人家是表達面對衆多邀約時拒絕的信念，而我呢，只是敘述再平凡不過的日常。

從學校畢業後，沒到一般公司上班的我，身邊當然只有學生時代的朋友，或是這些朋友介紹的朋友，因此在接下來的幾年，我仍然過著自己提重物，自己付帳單的日子。就這樣，到了將近三十歲時才陸續結識了會幫我提重物，請我吃飯的男人。

跟三顆保齡球比起來，就像幾根羽毛差不多輕的行李，男人主動提。不是幫忙搬家也沒借筆記，男人依舊請我吃飯。沒有任何原因。硬要找理由的話，據說只因爲我是女生。竟然！

過去我常納悶，問過很多女性朋友下輩子投胎想當女人還是男人，爲什麼幾乎所有人都回答要當女人。這時我總算了解！如果多年來都享受這樣的待遇，想必未來也永遠不想再碰重物跟帳單吧。

然而，三十年來始終自己提行李的我，至今聽到男人說「給我提吧！」還是會心頭一驚，然後在一瞬間掂掂手上的重量。用我體內內建的偵測器，判斷一下這是不是該請男人幫忙的重量，夠重的話就很乾脆地交到男人手上，否則就會堅決婉拒對方。

有一次，我介紹男朋友給母親認識。三個人一起吃了頓飯，後來我問媽媽對這個人印象如何。「感覺這人很好啊！」母親讚不絕口。是哦？看我臉上泛起笑容，母親接著說：「他很好呀。妳看看，離開餐廳的時候他還幫妳提包包呢。是個好人，錯不了。」

哎呀呀呀，這女人也是從來沒遇見幫她提行李的男人，一直以來都是自己提著三顆保齡球或差不多類似的重物，就這樣過了六十年。頓時我的內心感慨萬千。

下輩子要當男人還是女人？如果老天爺問我，我想都不想就能回答。我要當有人幫我提行李的女人。我要當個能把這件事視爲理所當然的女人。要是無法如願，那是男是女也沒什麼差別，就隨便吧。

購物 Shopping

我陪一個剛和情人分手的男性朋友喝酒。還以爲他很失魂落魄，結果倒沒這回事。唉，感情的事很複雜很難講啦，不過呢，這下子至少再也不必陪她血拼了。耶！他說。

他的女友聽說是個購物時希望男人陪在身邊的人，而且這裡說的購物並不是買肉、買麵包，而是買鞋、買皮包這一類。兩人平常都得上班，便在週末上百貨公司，這就成了約會行程。雖說如此，男方沒什麼想買的東西，所以他唯一的目的，就只是陪女生逛街。

男生在一旁默默等待女友花費好長時間挑鞋子、挑包包。還得面對遞到自己眼前的款式，被迫回答哪一個好看，其實根本看不出差別在哪裡。然後，有時以依序繞景點的方式逛遍幾間百貨公司之後，最後又要求回到第一間店。既然這樣，不如跟女友說妳自己挑吧，我去逛個唱片行。但女友聽到會立刻瞪大杏眼，彷彿盯著殺人兇手。

因此，每到週末他似乎就非常爲難而且痛苦。跟女友分手難免傷心，但想到接下來能夠擺脫女鞋、女包、女裝，週末可以做自己想做的事，萬歲！這也是他的眞心話。

至於我呢，我沒辦法有男人陪著購物。不，正確說起來，包括我母親，或其他女性朋友，情況允許的話購物時我希望自己一個人，否則根本沒辦法挑鞋挑包挑衣服。

前面提到朋友講起女友購物的模式，同樣的事情我也幹過。像是依序繞了幾個景點，遊走多家百貨公司，苦惱著其實沒差太多的A跟B，然後又回到最初的那間店，有時候甚至什麼也沒買就回家。我實在不想讓其他人看到自己這副模樣。我也很清楚，這是自戀過了頭。然而，購物時的自己感覺就像是蠢動的煩惱。蠢動的煩惱。蠢動的物慾。蠢動的本能。

無論煩惱、物慾、本能全都攤在陽光下，一切都變得好難為情。無論是拿起一件商品說這好可愛哦，或是跟同行的人說我想試穿看看，包括實際試穿，以及接下來猶豫要不要買，討論價格是貴是便宜或公道……總之一切都讓我感到難為情。是我這個人太奇怪嗎？

因此，除非情況特殊，我才會找母親或其他女性朋友陪同購物，但我是絕對不要男友跟我一起去買東西。這似乎反倒不太尋常。尤其在剛談戀愛的階段，兩人在街上亂晃，隨興物色要不要買，好像這樣才是稱之為約會入門的自然行程。對此我萬分抗拒，我心目中理想的模式是我想逛百貨公司，所以你可以去唱片行晃晃，然後我們一個小時後在這裡集合。不過，這樣就不叫約會，而成了單純的「採買」。

然而，可怕的是這個世界上還眞的有喜歡陪女生購物的男人。這種人跟我前面提到的男性朋友完全相反，無論是像依序繞景點逛百貨公司，或是在幾乎無法辨識差異的貨品中做選擇，甚至連最後折返回原地點這種徒勞，他們都很有興趣。即使光是陪同購物就花掉一整天時間，也不以爲意。

對我這一型的女人來說，這樣的男人完全就是人生的考驗。

喜歡陪逛街購物的男人，還不是隨便說說而已，不光是認眞回答到底A還B好看，就連妳沒列入選項裡的C他也拿來，還頻頻敲邊鼓說好像這個比較適合妳；購物的主角還沒想到，他就提議不如回剛才那間店吧，或是擅自下結論說我覺得還是第一間店的最好。這打亂我的思緒，在一陣輕微的恐慌後，我陷入無法思考的窘境，等到回過神來，已經買好了原先壓根沒想買的C。然後，回到家之後默默握著根本不想要的C，在心中發誓以後再也不跟男人一起購物了。

我這種人，跟那個不愛陪人家逛街的男性朋友，如果我們倆交往的話應該非常美滿吧。但令人難過的是，崇尙「一個人購物」的人士，似乎就被當作獨自行動的象徵，往往激不起什麼浪漫的火花。

果然，在戀愛時煩惱也好，物慾也罷，無論是自己展現出來或是被看到都不在乎，這才是正確的態度吧。因爲，愛會讓這一切變得朦朧不清。

單戀 One-Sided Love

說起單戀，似乎是在少女漫畫、電視劇、愛情片這類女性喜愛的讀物、戲劇中不可或缺的戀愛類型，對此我卻抱著深深的疑惑。不要說全部，但多數女性平常應該跟「單戀」這種情緒距離很遠吧？

在你身邊有成年女性單方面心繫著某個固定的男人，而且超過一年嗎？或者你自己有過這樣的經驗嗎？我想，大多數的回答都是否定吧。

當然，有很多乍看之下是單戀的型態。比方愛上有女友或有家室的男人，沒緣分交往卻喜歡對方，對男性朋友有好感等等。不過，這種狀況下，男方百分之九十九都會回應這番好感。不可能完全視而不見。沒打算跟女友或妻子分手仍舊進展到接吻、上床的階段，道不盡的甜言蜜語；無意跟女方交往也不婉拒一起用餐或約會，不想進一步發展卻提出超越純友誼的要求。

至於女方，深信這男人總有一天會跟老婆或女友分手，以為只要多約會幾次終究能發展成正式交往，或是誤會自己對男方來說是比情人更親密的朋友。

這是非常理所當然的心態。就像持續每年購買福袋的人，一定嘗過甜頭。如果裡頭淨是廢物，沒有人會年復一年在同一間店購買同樣價格的福袋。女人是很實際的，要是男人對自己的好感毫無回應，沒有親吻不上床，不參加聚餐也不一起吃飯，從不主動聯絡甚至沒說過輕佻話，自始至終對自己視而不見，那麼不消幾星期，長一點了不起幾個月，女人就會放棄這個男的，把感情轉移到其他方面，可能是其他男人，或休閒娛樂，要不就是工作。

實際的現實世界跟單戀的情緒，兩者之間必定毫無共同點。

我認為，硬要說的話，單戀應該是男人有的情緒吧。

回到剛才那個問題。在你身邊有成年男性單方面心繫著某個固定的女人，而且超過一年嗎？

我身邊有一大群，到現在還有。而且，這些被當作對象的女性跟前面提到那些渴望持續被愛的寂寞男人不同，對於單戀男的好感毫無回應。我不知道看過多少堅強的男性，即使在一年只見得上一次面（還是在一大群人的聚餐場合）的嚴峻情況下，依舊愛著對方。甚至還有在學校畢業或辭掉工作後，已經好幾年沒見還對（根本沒交往過的）她念念不忘的異常現象。男人就是這般脫離現實。順帶一提，變態跟蹤狂有八成是男性，也不無道理。

我想到我祖母非常喜歡買彩券，但她這輩子從來沒中獎過。別買了啦，我這樣跟她說。她卻回我，不買就沒有中獎的機會呀！說得像廣告臺詞一樣。似乎毫無根據就相信，只要持續買，總有一天會中獎。結果，終其一生都沒中過獎金超過萬圓的獎項。整理祖母的遺物時，挖出好多令人傻眼的東西，像是用沒中獎的彩券做成不知道該說是擺飾或藝術品，還有用空菸盒製作出外型像雨傘的裝飾品，雖然啞口無言，卻同時感覺內心好踏實。即使每買必不中，還能進一步將這些敗績昇華為休閒娛樂的女人，這股緊貼著現實，看似愚蠢卻也不屈不撓的精神，或許我比較誇張，但我確實從中感受到了名爲「希望」的精神。這跟男人藉著買彩券、賭馬、打小鋼珠來當做自己熱血的證明，兩者的氣度在根本上就大不相同。

那些以單戀爲主題的作品，無論是漫畫、戲劇、電影，或歌曲，之所以能持續存在沒被淘汰，我認爲說穿了就是多數女性對於這類超現實且無用的情緒仍抱有莫大的憧憬。至少我本身就是如此。雖然受到青睞的希望渺茫，機會就跟針孔差不多小，仍然想要心心念念著一個人，不再動不動挑毛病、找缺點，眼中只有這個人，想被這樣無謂的情緒耍得團團轉。

話說回來，其實我第一次寫的小說就是以自己的失戀經驗爲主題。因爲失戀這個體驗實在太令人震撼，我還經過消化，以非寫實的體裁來建構。這個實驗性的第一號作品就是我的畢業論文。回想起這件事，讓我深有感觸，其實我跟會把槓龜彩券收集起來製作成擺飾的奶奶，似乎也沒兩樣。

批評 Slander

我對於不是自己男友的人——也就是男性朋友，或是朋友的男友，以及工作夥伴等——向來極度寬容。無論這個人是慣竊，是濫交男，是自戀狂，還是無可救藥的不懂裝懂，總之我一概不介意，也不會因此討厭這個人。

反過來說，有一種男人讓我非常討厭，覺得好沒水準。而且無論這個人是朋友，甚至是朋友的表弟的姐姐的男友，這種遠到幾乎扯不上關係，或是情人就更不用說了。

那就是會批評分手女友的男人。

就將情境假設為跟友人（換成情人也可以）A男在小酌時聊天。友人（或情人）A男聊起前女友。以下哪種發展讓你覺得最討厭？

①A男不斷稱讚前女友，邊喝邊透露著眷戀。

②A男數落起前女友，邊喝邊嚴厲批評。

③A男就像個新聞主播，非常冷靜，邊喝邊分析狀況。

除此之外，其實還有將所有過往一一美化，邊喝邊像講故事一樣；或是充滿男子氣概概括承受，邊喝邊感受到熱血義氣等等，可以細分成很多狀況，在此暫且把其他的擱一邊，大致上就分成這三類來看。

相信很多人會視A男是友人或情人，而答案有所不同。但我完全沒第二句話，無論是情人還是朋友，最討厭的都是②。猛稱讚前女友當然很無趣，尤其要是A是情人的話，那就更掃興了。不過，會在現任女友面前稱讚前女友的男人，要不是笨到極點，多半就是有什麼不好直接對現任女友說的怨言，這又是另外一種狀況。

通常這種不負責任地講起毫不相干的人的壞話時，一開始總令人很感興趣。哦哦哦，然後咧？忍不住探出身子好奇追問，沒想到最後竟然是講起前女友壞話的男人，不停地講，講，講。毫不留情批評，很堅持地不斷重複，絲毫沒發現我已經興趣缺缺，還在自顧自地說。我不時會遇到這種男人，簡直教人瞠目結舌。

這如果換成一群女性朋友，批評前男友絕對能夠炒熱氣氛，說奇妙也確實很奇妙。反過來說，會稱讚前男友的女人，對我來說就跟批評前女友的男人一樣詭異。

一個女人稱讚跟自己已經毫無關係的人，感覺好悲哀。就跟男人刻意貶抑一個已經跟自己毫無關係的人一樣。我猜，這兩者應該都在分手之後，還以爲自己擁有對方。這態度根本不言自喻嘛。在「擁有」的這項行爲上最令人討厭的部分，女人會用稱讚，男人則用貶抑來表現，這的確耐人尋味。不過這也是我個人相當武斷的認知。

過去當我還是個年輕小女生時，訂出了跟男友分手時的規則。那就是分手之後絕對不批評彼此。現在回想起來感覺還滿蠢的。因爲我們有不少共同朋友，這也是當被問到分手原因時的對策吧，因此訂下這個約定。

他有沒有遵守約定？事到如今我已無從得知。至於我呢？當然毀約了。我大大方方講他的壞話。到處講。

那件事情過了好久，有時候我想起當年的前男友，還有那個孩子氣的約定，我想他一定非常嚴格遵守了我們的約定吧。分手之後，他不說我壞話，我則到處說，在這樣的行爲裡，彼此清楚理解到不再擁有對方，或說假使認爲還擁有對方，那份錯覺也會因此慢慢消失。因爲我希望認爲，就因爲他是這樣的人，當初才會喜歡他吧。

時間 Time

前陣子我出了一本新書。宣傳詞上打出的是「首本愛情小說」。其實我寫小說已經邁入第十一年，但以戀愛爲主題的這倒是頭一回。

十七歲的女孩，邂逅什麼樣的對象，交往，之後出現什麼樣的轉變，甚或在年齡增長下哪些事能維持不變。內容大致是這樣，故事最後結束在她三十二歲的時候。由於最初就決定要以愛情爲主題，故事中的女孩沒結婚，也沒有結婚的意願，只是在每個當下遭到愛情的擺布。

出版之後，在諸多宣傳採訪的場合中，我遇到無論男女，各個年齡層，每個人都不經意透露出自己曾有的戀愛經驗，讓我非常高興。其中最年輕的才二十三歲。我反問這位年齡最小的女性編輯，在這本小說中，主角的年齡逐漸增長，但二十三歲的她讀起來，有什麼想法呢？她思索了一會兒告訴我。

假設我現在有個男友，而我也一心認爲他就是我的全部，這是人生最後一次談戀愛。不過，讀完這本小說，我發現實際上像書中描述的，時光會一點一點流逝，到了三十歲時很可能我跟現在的情人已經各奔東西，說不定還會自嘲這段戀情簡直蠢透了。一想到這裡就覺得害怕。

我聽完之後當場愣住，驚訝得不得了。我壓根已經忘了此刻眼前的人就是全部，再也容不下其他事物的感覺。更別說是認爲這段戀情或許能持續到永遠，這麼可怕的念頭早就遠離我，我完全無法想像。面對眼前二十三歲的女孩，她或許擁有不願放手的寶貴戀情，我感慨萬千，自己怎麼好像變成了個一點都不純眞的人了。時間，就像天使與惡魔同時共存，令人不可思議。在時間裡，殘酷與慈悲具備同等的強度。

過去我失戀時，對於失戀這項事實感到過於震驚，震驚到整個人僵在原地，陷入失戀的狀態中無法動彈。即使工作順利，我依舊鬧彆扭，「但我失戀了」；吃到美食仍絕望心想：「可是我就失戀了呀！」遇到朋友忍不住抱怨：「人家失戀了啦。」甚至對第一次碰面的人自我介紹時，也提起「其實我前陣子剛失戀」；和著名的前輩作家見面時，竟也毫不害臊無視禮貌問人家：「您失戀過嗎？」莫名其妙，無法自拔。

當時我正好在學英文，老師每星期固定會問我：「週末做了什麼事？」就連這時我也回答：「唉，我失戀了。」用我僅知的英文來表達。當時，那位英文老師先糾正了我的英文，「我有寫日記的習慣，看到自己十年前的日記超可笑。」老師說。「像是遇到難過的事，想著『去死啦！』或是誤以為這輩子再也不會那麼幸福等等。但現在重讀，會忍不住大笑心想：這個蠢女人是誰啊？」我聽她這麼說，抱著懇求老天爺的心情，不知道自己是不是總有一天也能像這樣？回想此刻的困境時也能一笑置之……。結果總有一天也沒多久，不過三個月之後，每當我想起年紀比我小的加拿大英文老師一邊修改我描述失戀文章的文法，還得聽著我訴苦，那幅畫面實在太超現實、太滑稽，總讓我忍不住笑出來。

希望此刻的心情、環境、對象、戀情，都能持續到永遠。然而，我們也會用同樣虔誠的態度，祈求當下的一切都只是一瞬，希望盡快跳脫這股情緒。時間的流逝，跟你禱告的內容無關。時間，有時親切如天使，有時狠心拒人於千里之外，彷彿惡魔。

前面提到那位年輕女編輯，我在跟她同樣年紀，也就是二十三歲時，一樣也談過認爲應該是此生的最後一場戀愛。現在我卻想不起來，當年面對理論上的最後一個戀愛對象時，是因爲過於在乎、又沒有好的結局，認爲乾脆毀滅得好呢？或是我曾在心裡祈求永遠這樣下去？

至於那個沒成爲我最後一個戀愛對象的人，我完全不知道他的現況。如果把這般毫不在乎的心情告訴二十三歲的我，她會因爲聽到終有一天可以放下思念的重擔，從此解脫而感到鬆一口氣嗎？或者會覺得有股遭到疏離的落寞，而感到不勝唏噓？我無從得知。

不倫 Extramarial Affairs

日文的「不倫」，指的是外遇。不知道是誰先用了這種說法，但這個詞很不討人喜歡。由於這代表了否定接在「不」之後的那個字，也就是說，這個詞的意思就是不合倫理。

當然，一個毫不相干的第三者介入夫妻關係，這的確「不合倫理」，但「不合倫理」的關係應該還有很多（例如暴力介入的親子、夫妻，不正常的交友，全憑權威優先的上下關係，其他還有很多），但講到不倫、違背倫理，就單指夫妻之間與第三者的戀情。這就跟講到「吃大餐」僅限於燒肉一樣，是一種非常粗暴，且毫無美學的說法。

我從很年輕時，就是不倫支持派。十六歲時，我的夢想是成爲小說作家，如果這個夢想無法實現，我就要當情婦，接受包養，每天安安穩穩過日子。我在青春期發育得很好，長得有點壯，跟性感扯不上邊，加上從來沒下工夫想讓自己變得更美，成爲情婦的夢想化爲泡影，於是當了小說作家。但從那時起，我就一直覺得妻子、先生和情婦，三個人在約定好的規則下達到均衡的關係，是一幅多麼美好的畫面！所有人都能公平地獲得幸福。

到了我的女性朋友一個個開始跟有家室的男人談戀愛的年紀，我仍然是不倫支持派。每一個人都不可能是另一個人的附屬品，因此，彼此之間要建立什麼樣的關係，全是個人的自由。我高聲堅持這套理論。

那些女性朋友跟有妻子（有時還有孩子）的男人談戀愛，我聽她們說著羅曼史，看著她們哭泣、絕望、嫉妒，有時還會做出一些可怕的舉動，下定決心絕不原諒那男人，但說什麼還是愛上了就無法自拔，甚至回溯起自己的童年體驗想探索自身的境遇。在這之間，我仍然是不倫支持派。沒多久，這些女人像是發完一場麻疹，消退後若無其事走出不倫關係，很快地又跟其他男人步入婚姻。我看在眼裡，依舊支持不倫。

這裡我發現了一個謎。長久以來面對各樣情境都舉雙手贊成的我，竟然從來沒愛上過有妻兒的男人。打從在無知的高中時期希望當個接受包養的情婦，而且接下來超過二十年我始終身爲支持派的呀！

爲什麼？我經常思索。我推測很可能因爲我的占有慾比一般人強烈很多，即使我支持不倫，卻對於這類刺激占有慾的關係遲遲提不起動力。不過，難道擁有不倫關係（過去曾經擁有）的女人，都沒有占有慾嗎？這麼說也不盡然，所以她們才會哭泣，煩惱。我又想到，或許我沒那個耐性，苦守一段沒有未來的關係。但如果所謂的未來就是婚姻，我又絲毫沒有結婚的意願，不認爲戀愛都非得化爲具體。那麼，是爲什麼呢？

於是，我端出最後一個假設。難道因爲所謂的「不倫」之中最重要的一點，就是「不可以！但是⋯⋯」的因素？這下子就能理解，從來沒經歷過不倫的人卻大力支持。好比高舉雙手大喊著「Come on! Hey! Come on!」，卻始終不會眞正上前的微妙情緒。

於是，我想問問曾陷入不倫關係的人。追根究柢，在陷進去之前，你對不倫關係是支持派？還是反對派？如果多數人都回答是反對派，那麼這個假設就能成爲結論。不過，實際上其實沒那麼單純吧。

過去我曾跟男朋友去溫泉旅行，我們走進溫泉區裡一間地點隱密的蕎麥麵店。裡頭生意很好，中間一張大桌子有好幾組客人共桌。店員也領著我們到那張大桌坐下。「感覺這個溫泉區呀，」男友因爲休假，心情特別好，高聲說道：「好像有很多男女是搞不倫的耶！」一瞬間，整張大桌的空氣彷彿凍結，我心頭一驚，四下張望。店內的顧客都是一對對，而且有股詭異的感覺，年齡層雖有不同，但男的每個身著西裝，女性則無論年紀，當然都精心打扮得很漂亮，而且那個「精心」的程度說不上哪裡怪，總之就是不自然。我用手肘輕撞了男友側腹，要他別再繼續說下去。

不一會兒，各桌上端來了啤酒、清酒、下酒菜和蕎麥麵。然而，平常用餐時逐漸出現的喧鬧卻全然不見，所有人沒有交談，只是默默地，埋著頭，安靜咀嚼。完全瀰漫在「不」的氣氛中。話說回來，這倒很有平常日大白天的溫泉區風格，極其靜謐、和諧的午餐時光。我心想，在這其中無疑會有幾對詭異的男女，享受著這股「不」的氣氛。

甜言蜜語 Honeyed Words

活了三十四年，其中陷入愛情的時間大約有一半，話雖如此，也是不少時間。這麼長的時間投注在戀愛上，我竟然到前陣子才領悟到一件事。讓我大受打擊。

那就是，在正式交往之前男人都會使盡甜言蜜語。甜言蜜語，字面上的意思就是為了取悅對方所說的話。換句話說，是甜蜜溫柔的話語，並非事實。

用個簡單易懂的方式來說明，大概就是這樣。假設有個女子，名叫美紗子。她很不擅長做菜，不但自己做不了，其實也不太想吃別人做的菜。因爲她有潔癖。

美紗子認識了一個好男人，兩人愈走愈近，而且知道互相抱有好感，在即將正式交往時，美紗子忽然想起這件事，於是對好男人表明她對家常菜有心理障礙。不動手做，也不愛吃。

這是非常誠實的表白。美紗子的言下之意，就是「因此，要跟我交往的話，代表必須持續外食。也就是說，萬一你不巧對家常菜有特殊狂熱，那麼我們就別在一起了。」雖然沒講得那麼白，總之就是讓對方知道這個狀況。

這種情境下，一百個男人裡有一百個都會說：「我一點都不在意！其實我也不怎麼喜歡家常菜，應該說，我很怕那種打著『手工』招牌的東西。高中時有些女生覺得送手工做的禮物比較能展現女人味，才是愛的表現，不過我最怕這種啦。而且外食也比較好吃啦，錯不了。」端出類似這樣的說詞。

美紗子聽到之後，當然會判斷既然如此就沒問題，決定跟好男人交往。但是這裡有個陷阱，那就是好男人的說詞幾乎全都是：甜言蜜語。

因此，這兩人在交往後的半年到一年之內，理所當然就會在用餐上不斷面臨麻煩。不敢相信世界上竟然有連白飯也不會煮的女人！非常可能，好男人發脾氣時就會如此口不擇言，充滿歧視。

換成我的話則是酒。我喜歡喝酒，盡可能不想跟完全不喝酒的男人交往。如果有所謂「喜歡的類型」，那麼我喜歡的類型就是酒量好的，「酒國英豪」。

以往我交往的男人雖然稱不上海量，卻也都是自稱喜歡喝幾杯的人，但所有人的酒量都沒我好，更何況也沒有眞正嗜酒之人，都是些雖然能喝一點卻不是眞正喜歡的人。就算我在交往之前逼問對方：「你喜歡喝酒嗎？」也是枉然。結果，眞的比我會喝的，永遠都是在編輯圈工作的女生。這到底是怎麼回事？

因此，我跟交往的對象會一天到晚吵架。冷靜之後想想眞的很蠢，爭執的起因都是「想不想續攤？」、「要不要再去幾間酒吧多喝幾輪？」總之都是在很情緒化的狀態下，發展成又哭又鬧的爭吵。

我向女性朋友的先生抱怨這件事，朋友跟她先生異口同聲：「妳這個呆子。這年頭居然還有女人相信男人在交往前講的話哦？」

這實在太讓我震驚了！「我也是啊，當初跟她交往時也常胡說八道。」先生說道。「就是說呀。」一旁的妻子露出穩重優雅的笑容。

隨著年齡增長，在交往時我愈來愈常先說出自己的好惡，但原來我一直誤會了，以爲這就像簽約一樣。在我的認知中，這不帶一絲甜蜜，只是單純爲了交往之後減少紛爭，先讓彼此知道各自的好惡。

不是的！其實這可能全部都是假的，只是個以甜美包裝，用來建構愛情的現場罷了。極其無謂。

三十多歲的女人有了這個新發現，我激動地告訴朋友（男），「用這種招數的不是男人，是女人啦！」他答道。「哼，女人最愛在交往之前說什麼很喜歡打掃，還說追逐名牌好蠢，結果呢……（以下省略）」說著說著他的雙眼竟變得溼潤。

搞不好這都是因爲運氣？不管是美紗子、我，或是那個朋友（男），我們都單純只是比較倒楣？這麼說來，如果有朝一日能夠坦然說出「就算不會喝酒，就算我不會的事情你也不會，哪又怎麼樣呢？因爲我就是喜歡你呀！」那麼，就能從霉運中脫身吧。

別沉溺在戀愛中的言語！

「愛情多麼美好。
就算沒能實現，也會成為難忘的回憶。」

摘自電影《麥迪遜之橋》中克林伊斯威特的臺詞

前陣子聽克林伊斯威特這麼說，當下不禁點頭稱是，原來如此啊。但沒多久我就有了疑問。

比方說，目前爲止我曾經跟從A男到C男，也就是三個人交往過。而現在的男友是第四任的D男。「沒能實現的戀情回憶」，嚴格說起來指的應該就是從A到C，跟這三個人交往時發生的事吧。因爲既然現在已經沒有交往，就表示那段戀情未能實現。目前能算實現的，就只有跟現任D男的戀情。

不對不對，曾經交往過的男人有三個，D男則是現在進行式，但還有跟這四個完全不同的E男、F男，這兩人完全只是在我個人的單戀中劃下句點。「沒能實現的戀情回憶」指的是跟這兩人之間的回憶嗎？至於前面提到的那三人，以及現在進行式都歸類在「已實現的戀情」。這樣嗎？

然而，若以單戀作結從沒交往過，這樣的定義來說「沒能實現的戀情」，那麼對我來說完全沒有任何一丁點兒美好的回憶，甚至全都是討人厭的記憶，根本讓我想全燒成灰丟到東京灣裡。

單戀在我眼中真的不是什麼好事。中學生的話，根本一無所知，單方面一廂情願抱著情愫，就這樣任憑時間流過，這完全是不平等、不健康的關係。不平等的結果，想當然耳就是一方會出現極度愚蠢的行徑。在車站等候，假裝巧遇；明明話不投機也要硬找藉口通電話。每天的日記可以寫上兩、三頁，最後更乾脆寫起詩來。這種沒有人會誇獎，也不會有任何回報的行爲，卻視爲一種美。我倒是完全沒有這般遊刃有餘的心境。還有，這些事情在幾年後回想起來，我也一點都不覺得是什麼美好回憶。

話說回來，我覺得「現在進行式的戀情」多半也不怎麼美好。回到先前舉的例子，目前正跟第四任男友也就是D先生交往。如果只交往一、兩個月倒也還好，要是到了半年、一年，就算一切順利，不對，反倒愈是順利，戀愛就會愈帶著一股較勁過招的意味。或許有人認為我太誇張，但有這種想法的人，你一定在某些枝微末節上跟情人較勁。

早餐要吃？不吃？冷氣要開？不開？出門看電影，要看文藝片？還是動作片？只有一天的假期，要輕鬆閒晃？還是玩個痛快？跟其他人在一起，有不同意見也在所難免，如果是理性的情侶就能討論出個結論。有從屬關係的情侶反正跟從的一方應該會乖乖聽老大的話；換成具攻擊性的情侶，就會展開激烈的爭吵。我們就是用這種方式，一天天縮短跟某個陌生人之間的距離。

當然，兩人之間不會只有齟齬，也有很多愉悅與甜蜜，但這些種種也會每天持續不斷更新。沉醉在其中度過這一天的時候，就連昨天為什麼會大爆笑也想不起來，但為什麼吵架時，一字一句都會記得清清楚楚呢？

若依照克林伊斯威特風格的說法，那些實現的戀情，於現在進行式的當下並不會感覺到會成爲特殊的美好回憶。

「曾經嘗試交往，結果卻不順利，最後就告吹了。」從這個角度來看的「未能實現的戀情」，的確出現美好回憶的機率滿高的。因爲要怎麼去詮釋都可以呀。即使是因爲對方劈腿而分手，看似愚蠢的戀情，但在熱戀時看到的冬日天空、夜晚的住宅區、偶然傳進耳裡的搖滾樂……全都像兒時小心翼翼收集的小玩具，散落一地，讓人目不轉睛地凝視。剎那的美足以令人屏息，忘了呼吸。但反過來說，那些未能實現的戀情，能帶給我們的也僅止於此。

「能夠計量的愛，充其量不過是卑微的愛。」

摘自莎士比亞《安東尼與克麗奧佩托拉》第一幕第一場安東尼的臺詞

莎士比亞斬釘截鐵這麼說，讓我聽了心頭微微一驚。因爲我就是個動不動問情人：「你愛我嗎？」「你有多愛我？」靠這樣三天兩頭不厭其煩確認，持續成長。遇到不肯回答的人還會責怪對方，而且我將此視爲身爲女人理所當然應有的權利。感覺莎士比亞這句話等於在狠狠批評我：角田小姐，妳，眞是膚淺透頂！

然而，事實上絕大多數的日本男兒接受的教育，就是必須隱藏自己的情緒。因此，會將心中的愛情化爲言語，說出好比「喜歡你」、「愛你」、「愛你愛到發狂」這種話的男人，尤其是三十歲以上的，非常罕見。只要觀察態度就會知道了吧？對女性也要求察覺到細微的一舉一動。然而，女性在成長過程中並未受過這類「沉默是美」的教育，不講清楚還是無法體會。所以女性會提出疑問。我們之間究竟是什麼關係？你愛我嗎？你有多愛我？你喜歡我哪一點？要不然的話，你不愛我嗎？就像這樣。

面對一個完全不將愛說出口的男人，這世界上有絕口不問「你愛我嗎？」「你有多愛我？（量、質、純度）」的女人嗎？我問你呀，莎士比亞！

我很想這樣嗆聲。不過，等等！我突然想到，有呀！的確有些女人在交往過程中省略掉「你愛我嗎？」這個基本的質疑。然而，這些女性並不是不卑微，她們只是下列兩種之一。

交往的男人很明顯對自己著迷不已，甚至死纏爛打，這種事情根本連問都不必問，這是第一種類型。另一種則是直覺了解對方看來並不喜歡自己，因此開不了口問。

後者的話，我自己也有經驗，也常看到女性朋友做出類似的行爲。舉個例子，假設我跟吉田（化名）交往。我跟他的關係怎麼想都是一對情侶，但總是哪裡怪怪的，似乎有無法讓人盡信的地方。吉田好像沒把我當成女朋友看待。想找他問清楚，又開不了口。這種情況下，百分之百是下列幾種可能：吉田劈腿？自己其實是吉田的劈腿對象？或吉田雖然沒劈腿，卻對前女友念念不忘？還是他並不討厭我，卻只覺得我是個馬馬虎虎的交往對象。總之，就是其中之一。這種狀況下，假設還是硬要問吉田：「你喜歡我嗎？」吉田這樣回答：「喜歡啦、愛啦，坦白說，我不懂究竟指的是什麼。」在這個情境下，例子裡的「我」跟「吉田」絕對無法順利交往。在美滿的關係中，定義根本無關緊要。「喜歡」和「不喜歡」，隨時都確實存在。

說到底，能夠毫不在意、毫不畏懼，像個呆子一樣不停問著愛不愛我？有多愛我？這就是戀愛之所以能稱爲戀愛的證據呀。一開始提到安東尼的那句臺詞，仔細想想，如果是針對克麗奧佩托拉「你有多愛我？」的回應，那麼，安東尼眞正想說的一定不是「妳居然問這種事？眞是太膚淺了。」在他腦海中閃過的念頭是「哪還用問？當然是好愛好愛！這～～麼愛妳呀！」然後經過帥氣地修飾，做出這樣的回答。

我想到，曾經有一本小說裡，當男生被問到「你有多喜歡我？」時，他的回答是「就跟春天的熊一樣喜歡」。

於是，我會不停地問「你有多愛我？」然而，似乎很可能會因爲對方回答的用字遣詞，讓戀情一瞬間冷卻。

「最驚人的記憶力，就是戀愛中女人的記性。」

摘自法國作家安德烈．莫洛亞（André Maurois）的名言

他這麼說。很驚人嗎？是哦？

我本身的記性大概是一般正常人的六成左右。我就是記不得。經常有人記不住別人的長相或名字，我呢，不見個三、四次面，別說名字跟長相，就連曾經跟人家見過面我也沒印象。幸會，很高興認識你。打完招呼後，對方說妳怎麼每次都這樣講？我聽妳講過四次啦！這種情況還不在少數。

如果是有酒喝的場合，原本只有六成的記憶力瞬間衰退到一成。總之，酒過三巡之後我什麼都忘得一乾二淨。連自己都覺得很恐怖。

喝了酒之後，一種是像我這樣失去記憶，另一種是一切記得清清楚楚的人，大致上可以分成這兩種。至於哪種人比較幸福？我不曉得。一種是隔天早上醒來後，

對於昨晚席間的任何事都想不起來，對一片茫然的自己感到厭惡；或是能回想起昨晚席間的一切，甚至包括每個枝微末節，而對自己感到厭惡。兩者的差別大概只有這樣。

然而，莫洛亞大師，你說得對。當身陷在戀愛漩渦中，就連我這個令人質疑很有問題的腦袋，也記得一清二楚。

原來如此。確實驚人。之所以覺得驚人，是因爲你認爲這女人的記憶力跟一般人差不多。明明以爲跟一般人差不多，卻能說出「兩年前的今天你說我煮的奶油燉菜很好吃，所以就把今天訂爲『奶油燉菜紀念日』」，或是「我記得三十年前你說要帶我去地中海玩，結果我們連熱海也沒去過。」說完還算起舊帳，這當然令人驚訝到說不出話。

的確，熱戀中女子的記憶力好得不像話。此外，那股記憶力之頑強、堅韌、牢不可破，而且不接受任何的變動、修改。

我跟一名男子聊過做菜。他說他很喜歡做菜，也很常下廚，拿手的是紅燒菜。

假設來了，如果這名男子只是朋友，或是曾交往過但事隔七年成了甩不掉的老朋友，那麼，他說的這番話我馬上忘得一乾二淨。不過，可悲的是，萬一這番話是出現在我們交往之前，「喜歡做菜。經常下廚。最拿手的是紅燒菜。」那麼，從他口中說出的這一字一句，就會原封不動輸入到我的腦袋裡，烙印在戀愛中女人的記憶體。

然而，這都是假的。或許不能說是假的，卻是甜言蜜語。男子其實也陷入戀愛中，很可能眞相是「偶爾心血來潮，會煮個烏龍麵來吃」，說出口之後卻變成「我紅燒菜做得超讚的！」想當然耳，交往過程中從來沒見過他做的紅燒菜，連影子也沒有。而他也落得不斷被我大罵的下場，「說什麼喜歡做菜，根本就是騙人！騙人！大騙子！」其實，我只是根據我的記憶說出正確的事實，但他很可能跟莫洛亞大師一樣，感到非常吃驚。

有時候會聽到男人說，我女朋友眞的好聰明啊。聽起來像在炫耀，但男人還是那副愁容，讓我忍不住暗想，這人驕傲的方式眞奇怪。然而，有一次我的朋友A男也說了類似的話，我便問他：「聰明是指哪方面啊？」「她記性好得可怕呀！」他答道。「她經常會說，你上次明明這樣講，跟你現在說的根本矛盾呀，到底是怎樣啊？」似乎動不動會這樣逼問。朋友說，眞是從來沒看過記性這麼好、這麼有邏輯的女人。A男，你眞是太傻了！戀愛中的女人每個腦袋都非常好唷。尤其是在責罵對方的時候。至於記性不好的女人，只是對你沒有戀愛方面的興趣罷了。不過，我沒告訴他眞相，只是微微笑著對他說：「哦？好厲害耶。」

「戀人啊，少了哪一方都不得生也不得死。
分離既非生也非死，而是生與死交織而成的產物。」

摘自貝迪耶（Joseph Bédier）編著版《崔斯坦與伊索德》（*Tristan and Iseult*）

（佐藤輝夫譯）

唯有戀愛這檔事，我不相信宿命論。但有時候看到一對情侶倒會讓我尋思，如果這兩人沒遇到對方會怎麼樣呢？似乎所謂「命運」就是爲了這兩人而存在。倒不是因爲兩人如此情投意合，或是價值觀一致，還是因爲他們隨時保持甜蜜蜜。原因都不是這些。怎麼說呢，就是她在遇到他之前，或是他在遇到她之前，給人的印象非常非常薄弱。

舉個例子，假設我有個朋友，名叫留美子。當初認識她時，她一個人住，我常帶酒去她的住處，有時候兩人還喝到三更半夜。我們有聊不完的話題，每次都聊到忘我，但唯獨談到感情事，總是我一個人在講，留美子不太談自己的戀情。不過對此我並不在意。

留美子的住處給人一種非常奇妙的印象。清爽乾淨的房間裡，家具、生活雜貨，擺設得很有品味。大扇的窗，能眺望寧靜的住宅區。筆直延伸的馬路上，處處亮著便利商店、影視出租店的燈光。留美子的住家，無論廁所、浴室我都進去過，連她在廚房忙進忙出，或是在她臥房裡的祕密相簿，她也大方對我公開。但留美子這個人的感覺好不真實，或者說整體的印象好微弱。就像是在夢境裡走訪的一處祕密基地。虛幻到令人覺得似乎我一旦離開就會消失，而且（即使放著音樂）好安靜，（即使空間比我的住處還大）有一股令人聯想到冰冷角落的寂寥。

這些印象，也直接反映出留美子這個人的特質。不管交談得多深，總覺得跟她的距離好遠。一般來說，就算跟某個人沒見面，也能容易在腦中描繪出這人的形象，但平常的留美子是什麼模樣，我真的無法想像。她明明不是沉默寡言的人，卻給人極其安靜的印象。

就在我還來不及反應之下，留美子交了男朋友！在公開這個消息前，她已經搬離位於住宅區的公寓住處，搬到男友家中。當我到了她跟男友同居的住處，我深深理解，並且感動。

留美子在男友的家中呈現的是前所未見的深刻輪廓。她笑，她聊，她醉，她傾聽，一舉一動都跟過去沒兩樣，然而在男友身邊的留美子，舉手投足之間卻充滿自信，更加吸引人，強而有力。此外，在男友的傢私中加入了留美子的物品，讓原先雜亂、找不出特色的空間，增添了明確的現實感以及生活味。

原來如此啊。當下我心想，留美子原先的住處只是遇見這個男人之前暫時的棲身之所。而留美子本身也只是在遇見他之前形塑出的暫時形象。這話萬一說出口，可能會惹惱留美子吧，但我的確這樣認爲。所謂的命運，或許就是這麼一回事。在兩人相遇之前，一切全都是暫時的假象，是在無意識之下塑造出來的。

嘴上說不能沒有情人，實際上身邊的確從來少不了男伴的女性，就是在命運之外無論是生、是死，都只受到獨自一人牽引的類型，或許世界上這樣的女性占了多數。在沒出現什麼離譜的狀況或重大事件之下，還能讓他人感受到這是命運註定的戀情，其實沒那麼常見。

「愛不是彼此凝視，而是望向同一個方向。」

摘自法國作家聖·修伯里（Saint-Exupéry）的名言

沒錯沒錯。彼此凝視真不是普通疲勞，真的啦，不騙你。

各位曾有跟劈腿男交往的經驗嗎？我有。應該說，我從十幾歲一開始跟男孩子交往，直到前幾年，除了一個人之外，每個交往對象都一副很自然地劈腿。

如此極端的經驗，當我在採訪或對談時不小心透露之後，在座的編輯、撰稿人以及攝影師，多半都感到很驚訝，之後還發自內心同情我。從大家驚訝的程度來看，似乎劈腿男（女）存在的比例並不高。

可是呀，眼中只看到劈腿男的話，對這件事就覺得沒什麼了，腦中自然也不會浮現像是什麼運氣不好啦，或是缺乏挑男人的眼光之類的話。這就像假設從小到大只知道日本人跟美國人，要是在路上跟一名來自烏茲別克的人擦肩而過，也會以爲對方是美國人。就算對方解釋「不是呀，我是烏茲別克人！」但自己壓根沒聽過烏茲別克這個國家，恐怕一樣會大吃一驚：「騙人的吧?!」

因此，就我看來，從來沒跟劈腿男（女）交往過的編輯、撰稿人、攝影師等人反倒令人驚訝。這種驚訝的程度大概就像是：「哇！你看到外國人就會自然聯想到烏茲別克人呀！」

換句話說，雖然在過去特別的經驗中沒受到什麼傷害，然而，在從來不曾有過劈腿介入的狀況下，經歷過一次次的交往，仍難免在意這樣的關係其實隨時都隱藏著劈腿的風險，令人疲憊。我猜想，這樣的疲憊大概就是「必須分分秒秒凝視著對方才行！」的感覺。

講到劈腿，一般很容易認為無論男女，總之就是都會隨時看著其他人，其實不然。遭到劈腿的一方，隨時都想著「不要東張西望，看這裡啦！」緊瞪著劈腿的一方；而劈腿者心裡想的永遠是「是這個好？還是那個好？」乃至於「這個挺好，那個也不錯耶。」同時凝視兩人，甚至三人。因此，怎麼可以東張西望呢！隨時都要緊盯著對方，尋求眼神的交會呀！像這樣，一天二十四小時之中始終彼此相望的關係，讓雙方身心俱疲。

因此，對於身陷劈腿風暴之中還有辦法聽其他人的話，我深感佩服。這無關道德面，而是體力的問題。差不多像是看到同年紀的友人在做完五百下仰臥起坐之後還一派輕鬆的那種佩服。

聖．修伯里的這句話，我認爲非常中肯。想想每一任毀滅性的情人之間，全都是凝視著彼此。因爲劈腿、因爲詛咒的束縛，他們絕不別過目光，甚至放棄進入外面的世界（當然，其中也有在感受到劈腿問題同時仍能一起望著同一個方向的情侶）。

能夠一起看向同樣遠的對象。這樣的定義多簡單！站在面對世界的鄰近位置上，具備類似的視力。只要有這些共同點，其他事情似乎都不怎麼重要了。不需要時時彼此凝視對方的戀人，到了不得不分開的時候，不會是因爲第三者的介入，也不是因爲外在的因素，而是因爲兩人的立足點和視力出現差距。這對彼此都不會造成傷害。

回想年輕時老爲劈腿問題所苦的我，還有我那些交往的對象，我們一定都沒弄清楚自己的立足點吧。不曉得自己究竟站在哪裡，不知道該用什麼樣的角度來面對世界，自然也無法找到能跟自己並肩望向遠方的對象了。

「我們的身體，
構成的成分其實非常相似。」

摘自江國香織〈請餓著肚子來〉（收錄於《游泳既不安全也不適切》）

有些情侶感覺好像。長得像，類似的體型。有些年輕情侶雖然體型不同，但散發出的氣質像得不得了。倒也不是穿了情侶裝，也不像是事先商量過做類似的打扮。

這如果換成年紀大一點的夫婦，相似度又急速升高。經常看到一副大叔長相的大嬸，跟一臉大嬸貌的大叔，體積差不多的兩人在超市裡大搖大擺閒晃。

爲什麼本來是陌生人的男女竟然如此神似？有人說，長得像的伴侶不容易分手（沒分手的伴侶都滿相似的），這是眞的嗎？

我暗自偷偷揣測，情侶、夫妻相仿的法則，會不會是基於飲食習慣的契合度呢？話說回來，這也沒什麼得特別偷偷揣測的必要……

可千萬別小看吃東西這件事。尤其隨著年齡增加，這會逐漸成爲重要的問題。十幾歲、二十出頭，正值青春年華，活力十足的當下，吃什麼，甚至不吃也無所謂。事實上，二十歲左右時，我跟當時交往的男友真的都很窮，以食物來說，當時還真的沒吃過什麼能留下記憶的食物。

然而，隨著成長，飲食這件事似乎超越飲食本身，成了更重要的一件事。除了跟健康有更密切的關係，過去個人喜好的模糊輪廓也變得清晰。喜歡吃美食，或是對食物沒有特別執著，這些意見不像是喜歡貓或狗，而是與生活更加息息相關。更單純的是，相較於十幾歲的階段，到了三十幾歲時跟男友一起用餐的機會增多了。

再說到飲食習慣的契合度。我經常認眞思考，如果我的另一半是小百合或是遠藤弟，大概會很痛苦吧。其實我對他們的感情跟戀愛扯不上一點邊（更別說小百合還是女的），這完全是不必要的煩惱，我想強調的只是我們在飲食喜好上有著一百八十度的差異。小百合很會做西式甜甜鹹鹹的料理，像是在沙拉裡加入水果，或是在披薩上鋪鳳梨。遠藤老弟是個精神上的蔬食主義者，據說他只吃感覺能親自宰殺的食材，比方肉的話只吃雞肉，魚類大概就是鰹魚吧。蔬菜倒是幾乎都沒問題。對於我這種愛吃肉，最討厭鹹鹹甜甜調味的人，萬一跟這兩人交往的話，恐怕每次吃飯都得外食，或是必須準備兩套菜色才行。而在這樣的狀況下，無論從經驗談或是統計數據，我都很清楚交往不會太長久。

已經在一起很久，從很久以前就在一起的伴侶，多半會喜歡類似的食物。有時候是先天上味覺雷同，也可能是男女某一方適應了對方的味覺，後天上不知不覺變得喜歡相同的味道。這就是彼此相似的道理，尤其是體型。從飲食到整體氣質變得類似，聽起來或許覺得不可思議，但像我前面說的遠藤老弟，只吃他敢宰殺的食材，那麼如果有個女孩認同他的想法，我想應該會是個感覺跟遠藤老弟很相似的人吧。

要跟男人交往的話，不就該從一起睡開始嗎？有個朋友斬釘截鐵地說出這番成熟大人的論調。我則像個媽媽似地加以補充，要跟男人睡的話就得先從一起吃飯開始。

「所謂真正永久持續的友情，
必須先認同彼此的愚蠢，諒解彼此的愚蠢，
並且愛上那份愚蠢。」

摘自森田草平《愚妻論》

說得太有道理了。而且，不覺得就算把「友情」換成「愛情」也毫無問題嗎？有些人跟男女朋友分手之後再也不往來，堅持拒絕跟前任成爲朋友。不過我倒相反，會跟分手後的前男友繼續當朋友。曾經交往過的人，把他的照片、相關物品全部丟掉，對待他比其他陌生人更陌生，我覺得似乎有點可惜。照片、物品是無辜的，重點是更不需要糟蹋了這個男人。我的想法就這麼單純，就跟捨不得丟掉百貨公司包裝紙的阿婆心態差不多。

這種覺得前男友很可惜的想法，跟森田草平這裡所說的「愚」是同樣的道理。

在日常生活中，我們拚命想掩飾自己的愚蠢，有時甚至連自己的愚蠢都沒發現。然而，交往的對象明確了解我們的愚蠢，理論上還曾經諒解過這份愚蠢。如此特別的人就這樣放手豈不太可惜？對照前面引用的那段話，能夠認同並體諒自己的愚蠢，這樣的前男友不正最適合當朋友嗎？

事實上，在嘗試跟曾經交往過的男人成爲沒有任何邪念的朋友後，會發現相處起來非常輕鬆。對方已經熟知我的愚蠢，同樣的，我也了解他的底細。面對彼此很快就死心了。「這傢伙的這個毛病眞的很煩，不過，反正也已經沒藥救了。唉，算啦。」就像這樣，瞬間放棄。這種放棄的態度，當然代表一種肯定。要是沒當成朋友，或明明是朋友卻處得不怎麼好，通常就停在「他眞的很煩」，而無法到達「唉，算啦。」的境界。

話說回來，我倒也不是跟所有分手的前男友都成了親近的朋友。也有些人分手之後再無音信，對方現在身在何處、做些什麼，甚至是生是死我都不清楚。像我這種支持跟前男友當朋友的人，怎麼會做出這麼暴殄天物的事……回想起來，我恍然大悟。似乎這樣的人，都是當初只因爲彼此之間有愛情，才好不容易維繫關係的。

彼此沒有任何交集，原本就沒有共同的興趣，找不到聊得來的話題，硬要講起來就連價値觀也天差地遠，僅僅藉著「戀愛」這個曖昧不清的概念來維繫的兩個人。當戀情一旦結束，彼此就毫不相干，跟隔壁縣商店街的蔬果店老闆差不多。跟這種人當然不可能當什麼朋友嘛！想到這裡，突然心驚了一下。連朋友都沒得當的人，卻可以談戀愛！這好比跟隔壁縣的蔬果店老闆，實在太沒話講大概當不了朋友，但談戀愛的話卻有可能。

跟當不成朋友的對象談戀愛，會格外熱烈。這是光以戀愛而成立的戀愛，換句話說，是很純粹的戀愛，倒也理所當然。反過來說，感覺莫名熱烈的愛情，通常就是跟沒有其他交集的對象，在刹那間的交會吧。

或許，這樣的戀愛中是將自己內心那股無藥可救、並且無與倫比的眞愚蠢隱藏得很好。當眞正愚蠢的樣貌展現之際，光以戀愛而成立的戀愛，其實也很快就會結束了。

這類宛如煙火的戀情也很瀟灑帥氣，但總覺得還是可惜了點，我的想法終究還是像個捨不得包裝紙的阿婆。

「戀愛，臉皮不厚是談不來的。
但厚顏者卻談不了真正的戀愛。」

摘自武者小路實篤《友情》

前幾天，我跟男性朋友去看一部戰爭片。就在我們的正後方，一對二十出頭的情侶坐下來。這對情侶不知爲何，就女生一個人用著不尋常的大嗓門說話，大概前後左右十個位子的範圍都聽得到她的聲音。

「我前陣子去看了一場電影耶，但到底誰是壞人，誰是好人，我都看不懂。哎呀！是不是該去買個什麼啊？要買個飲料吧？走吧走吧。啊！兩個人一起離開不太好哦？待會位子會被占走，那我去買好了。你要什麼？什麼？綠茶？要綠茶哦？今天不喝可樂哦？嗯嗯，好啦，那我去買嘍……啊啊！綠茶冰的可以吧？」差不多像這樣，講個不停。

女生離開座位去買綠茶，四周一下子變得好安靜。幾分鐘之後，她一回來，宛如伴隨著一群蜜蜂來襲的喧囂。「欸，綠茶買來啦。沒想到你居然喜歡綠茶，好奇怪唷。啊！我先去個洗手間好了。應該要先去一下對吧？」然後她一離開，四下又有了片刻的寧靜。

在這座位附近，我，不對，應該說前後左右十排內的觀眾都察覺到了。情侶中的男生壓低了聲音輕輕對女生提醒了幾句。沒多久，女生又帶著那陣如群蜂亂舞的嘈雜回來，「欸，你知道嗎？我剛聽說這是一部戰爭片耶。」她對男生說了之後，男子在展現明確的意志之下沒有任何表示。不知道是不是遭到無視後嚇了一跳，女生的音量總算降低了一點，不過大概也從原本響徹周圍十排座位減少到五排座位，在開演之前她仍然講個不停，坐在她周圍五排座位內的人也得強迫聽她說話。

電影散場，我跟男性朋友直接轉戰小酒館。朋友一開口就說了：「眞慘，我看剛才那個女生馬上要被甩了。這大概是他們第一次約會吧？男生這輩子都不會想再找她出來看電影了。」

會嗎？我說。「是有點聒噪啦，但還滿體貼的呀。你看她還先想到去買綠茶耶。」

「其實呢，我也覺得那個女生不錯，但問題不是出在她太聒噪，只是這個女生恐怕會因爲這個問題，一輩子被男人甩吧。」友人有不祥的預感。

是什麼問題啊？我要先學起來，以備不時之需。

她讓同行的男生很丟臉，而且遲鈍到絲毫沒有察覺，友人解釋。四周座位上的所有男性，恐怕都對那個男生打從心底表示同情吧。朋友接著說，每個男人大概心裡都跟當事人一樣祈禱：「好了啦，拜託妳閉嘴吧，乖乖坐下了可以嗎？」

那麼，下列幾個情境中，哪一個讓人覺得最丟臉呢？爲了日後不時之需，我繼續發問。在大庭廣衆下：一、女孩子哭泣（小倆口鬧彆扭之類），二、女孩子耍任性（比方以命令口吻說：去幫我買那個啦！），三、女孩子獻殷勤（像是很雞婆地說：我去幫你買綠茶唷）。

嗯……，朋友想了想之後回答。在衆人面前把女孩子惹哭，或是被大呼小叫命令，這兩種都很丟臉。不過呢，其實這之中都有一些相關性。比方說，女孩子會哭，有一部分原因也是出在男方身上吧。至於愛命令他人的女生，可能也是因爲男方喜歡這樣的個性才會跟她交往。不過，第三種不覺得是女生一廂情願，只想到自我表現嗎？

這倒讓我想起來，有時候在餐廳裡會有一種男人用著讓店內服務生和其他顧客都聽得到的音量，高談闊論地賣弄他對料理或酒類（無聊的）相關知識。這種狀況下，都會讓我覺得好丟臉，眞想自己鑽個地洞躲起來。的確，這並不是從彼此的相關性產生，而且惡質到連叫他閉嘴都很困難。

也就是說，問題並非行爲本身，而是造成對方不悅卻絲毫沒感覺的厚臉皮。人要是不厚臉皮就談不了戀愛，但或許在幹了厚臉皮的行爲時要有自覺，必須稍微有這點程度的敏銳度才行吧？實篤大師。

對了，結果我到底看了什麼電影？

「如果有人追問我：為什麼愛上他。
除了『因為是他，因為是我』之外，
我也不知該說什麼。」

摘自蒙田（Michel de Montaigne）《隨筆集》第一卷第二十八章（原二郎譯）

對了，大家對於朋友的男友有什麼看法？是覺得「好帥哦！真羨慕交到這樣的男友」，還是「拜託！這種人居然也能交往下去！」哪種情況比較多呢？當然啦，如果對方是個愛賭、好色，一喝酒就動手動腳的男人，一定會很同情朋友吧。但我說的當然是正常的狀況。

無論是打扮時尚，或是對衣著不修邊幅、個性優柔寡斷、有點花心、整體說來還算不錯，還是在女友面前抬不起頭，或是非常慷慨最愛請客……就是很普遍、很一般，朋友的男友。

我深深相信，跟所有交談過的男性都有可能墜入愛河。無論對方是便利商店店員、快遞宅配小哥，還是一整天一起玩的朋友兒子（八歲），總之，我都會將這些人視為男性對待，唯有朋友的男友會被排除在外。倒不是因為顧及友誼才這麼做，而是朋友的男友對我而言就歸類在「朋友的男友」一類，沒有任何吸引力。

無論這個男人的長相多符合我的喜好，興趣跟我百分之百相符，或是能令人全心信賴，集一切優點於一身，我還是對這個人本人沒興趣。絕對不是因為嫉妒，而是朋友的男友，對我而言就像是到朋友家裡玩時，遇到朋友爸爸的感覺。不可能把朋友的父親視為談戀愛的對象，也沒人會對朋友的爸爸投射充滿愛意的眼神吧。頂多只想到，啊，他是朋友的爸爸。

然而，雖然我對朋友男友本人沒興趣，但在不認識本人之下，光聽到朋友談論男友時，絕大多數狀況下都是羨慕到差點當場暈倒。例如，友人洋子說，我男朋友超愛吃美食，假日經常自己下廚做好吃的料理。但洋子並不是炫耀而是抱怨，接著她就說，所以我男朋友愈吃愈胖，肚子大得就像快要生了。話雖如此，我聽了卻打從心裡單純想著：「好好哦，我也想跟這種人交往。」

我男朋友超海派，一天到晚請朋友吃飯，搞得自己好窮……聽到這種我也會想：「好好哦！慷慨的男朋友！超帥氣！」我男朋友是個酒鬼，每天非得喝到醉醺醺……聽到這個我會想：「眞好，海量的男朋友！我也想一起喝得醉醺醺。」我男友最近忙到只能跟我傳簡訊……聽到這樣我就想：「這男友眞好，不忘勤於聯絡！我也想跟他傳簡訊！」我在想，搞不好就算聽到朋友說，我男友吸毒上了癮……這麼嚴重的狀況，我也會忍不住說：「好好哦，竟然有這種男友可以輕易弄到違禁品」（當然不會眞的說出口）。

總之，每次我聽了女性朋友的話，都有種隔壁家的草坪綠到閃閃發亮的欣羨。不過，一旦見到男友本人，又通常覺得「什麼嘛，原來也只是個普通大叔。」

於是，我心想，當一個人遇到另一個人，並且成爲情侶，這其中一定有些只有兩個當事人才會懂的感覺，也就是一股默契吧。我，這樣的人，非常渺小，又很白痴，全身上下都是缺點，整個人感覺很寒酸。然而，對某個人來說，這些特質也代表了某種意義。當我聽著那些女性朋友敘述時，每次都覺得「好好哦！」是因爲談論的就是她們那個「雖然渺小微不足道卻很特別」的對象。當然，那些特別之處是對女友來說的特別，因此就算其他人見到本尊，自然也沒有絲毫感覺。

因爲是我。因爲是他。這句話並不浪漫，也不詩情畫意。這是一句非常小鼻子小眼睛，輕描淡寫的日常語言。因此，無論什麼樣的戀情，永遠都只是從渺小的「我」和渺小的「你」開始。

「初戀這檔事肯定不是真的。
畢竟在這麼年輕的階段，
根本完全不懂得自己想要什麼。」

摘自赫塞（Hermann Karl Hesse）〈拉丁學生〉（收錄於《美麗的青春》，關泰祐譯）

「划船分手論」，這是我建立的理論，自己默默認可。

在一個占地頗大的公園裡，有一個占地頗大的水池，可供划船，但通常這個划船池都會伴隨著「情侶一起划船就會分手」的不祥傳說。像我家附近的井之頭公園、善福寺公園都是這樣。

「怎麼可能有這種事！」年輕時的我不以爲然，還很勇敢刻意跟男友到井之頭公園去划船。結果，後來落得跟那個人分手的下場。難道那個傳說是眞的……我開始起了疑心，不過，「不會吧？沒這回事啦！」幾年之後，我又跟當時的男友一起，這次換了到善福寺去划船。後來也跟這人分手了。

當然，我跟這些前男友不會沒有任何理由，只因爲中了划船的魔咒就分手。我們之所以分道揚鑣，必定有導致走上這條路的原因。不過，我仍不禁將划船與分手連結在一起。畢竟我有兩次經驗了呀！

但爲什麼是划船呢……這讓我思考了好久好久。比方說，同樣也有人說過情侶同遊江之島就會分手，但這其實是有典故的。江之島上的神明是弁天大神，據說祂非常善妒，因此會破壞情侶的感情。這當然毫無科學上的根據，根本已經是超自然現象，但總是個理由。順帶一提，我跟男友去了江之島，還眞的分手了。雖然不能怪弁天大神啦，不過，似乎也不是不能說成是遭到弁天大神嫉妒，也挺無奈。不過，划船呢？究竟爲什麼？感覺跟神明風水、民間習俗一點關係也沒有呀。

我依舊不斷思考這個問題，但就在不久之前，突然靈光一閃。年過三十五，我終於掌握到划船分手論這個理論的本質了！此刻就來揭曉眞相。情侶到公園的划船池划船後就會分手，這是眞的！嚴格說來應該這樣講，一起划船的情侶不會維持太久。

也就是說呢，不是到天龍川也不是多摩川，而會挑在公園的池子裡划船，無論年齡上或精神面都得是年輕人才會這麼做，不然就是這段戀情是雀躍不穩定的。於是，就像赫塞說的，年輕的戀情、還不定的戀情，本來就不會長久。

說起我自己也是，第一次划船是十幾歲時，接近初戀的戀愛。第二次雖然長了年紀，卻是自己也搞不懂的雀躍不定。

十幾歲的時候，講到搶手的男生一定都是長得帥。也就是說，從一般客觀來說長相不錯的男生就是受歡迎。不過，目前三十幾歲的我，身邊已經完全沒有光靠長相就能吃得開的男人。從事厲害的行業、具備豐富的專業知識、擁有與衆不同的人生哲學、對於時尚的店家或餐飲資訊瞭若指掌，或者有時單純就是年輕……。總之，各式各樣的男人在各式各樣的角度上受到歡迎。因爲，當年那些對帥男頻頻拋媚眼的女孩，隨著年紀增長，也能很清楚了解自己眞正的期望。

美女跟顯而易見的醜男結婚時，所有朋友都露出一臉不解，但後來知道醜男原來是個超級有錢人之後，大家就恍然大悟。對於女人率直爭取自己想要的東西，這樣的態度讓就算無法認同這個價值觀的人，也能理解她的作法。懂得自己要什麼的女人，即使在戀愛最甜蜜的時刻，也不會跟男友一起划船吧？當然在結婚之後也不會。

划船分手論，其實是很深奧的。

「愛情，是在僅有一絲絲的實質中，
夾雜了大量空虛與延伸夢想的熱情。
因此必須在這樣的認知下付出、奉獻。」

摘自蒙田《隨筆集》第三卷第五章（原二郎譯）

假設有個男子，A男。A男就是A男，但A男會因爲跟我交往，或是跟我的朋友由里惠交往而變成很不相同的人。

比方說，談談跟我交往的狀況。對我來說，如果不認爲A男很完美，我才不跟他交往。因爲我很謹慎。然而，在戀愛的場域中要覺得對方完美十分簡單。只要真心愛上對方，任誰看起來都很完美。就這樣，我跟自己眼中完美的A男展開了與世紀末同等級的愉快交往。但，想當然耳，我察覺到A男其實並不完美。畢竟A男並非我幻想中的人物，而是活生生有血有肉的人。

約會遲到，不道歉還頻頻找藉口，一直聊前女友，對我喜歡的音樂一無所知，對我討厭的小說稱讚過頭。漸漸地從完美一點一點扣分。批評我對食物的好惡，明明講好去旅行卻又安排了其他事情。哎呀，誰來暫停一下扣分吧！扯些莫名其妙的謊話，把朋友看得比我重要，偷偷跟前女友碰面，放假只會在家裡睡懶覺。完蛋了！這個人根本在完美的相反一側，我居然跟這種人交往?!假設A男最後還劈腿——我對自己竟然曾經有一刻誤以為此人完美而氣得跳腳。結果根本是個糟糕透頂無與倫比的男人，這就是A男。

接下來看看他跟由里惠交往的狀況。由里惠跟我一樣，跟A男的交往都是認眞談戀愛。話說回來，由里惠對A男並沒有什麼期待。或者應該說，由里惠對男人這種生物本來就不抱期待。因此，當A男稱讚她做的菜好吃，或是幫她洗碗，由里惠就非常感動。開車到車站接她時，她也很感動。他批評由里惠對飲食的好惡，她會覺得這是爲了健康著想，要她不要偏食，爲此她也很感動。A男找她一起去參加朋友的聚餐，她也好感動。原來A男比我想像中好太多了，我眞是個幸運兒！由里惠不斷向女性朋友炫耀。「我也想要這種男朋友！」我們幾個聽了由里惠的話，應該會一臉認真激動得快暈過去吧。

結果，A男竟然鬼迷心竅劈腿了。照理說他可以瞞著不說，他卻對由里惠全盤托出。由里惠同樣感動，認爲A男願意坦承一切，而且也誠心道歉，承諾從此不會再犯。最後還買了一支她很想要的手錶送她。A男眞有男子氣概。

這樣的舉例非常極端，但像我這種人就是「減法型」，由里惠則是「加法型」。但無論減法或加法，就蒙田先生的說法，這全部都是「空虛」及「夢想」，簡單來說，只是我們自己的心境，實際上跟A男的人格特質沒什麼關係。因爲A男單純就是「僅有的一絲絲實質」。

事實上，身爲減法型典型的我，應該老是很羨慕能以加法型來處事的由里惠。要說哪種人能迅速獲得幸福，當然是由里惠這種吧？然而，無論是加法型或減法型，其實都不會維持太長久。最後我們的空虛與夢想都會膨脹得過度，讓我們看不清現實。

不管是加法或減法，我覺得都有一個覺得「好煩，算了吧」的分界線，只要跨過這道分界，戀愛就能談得長久。「好煩，算了吧」看似簡單，其實有它的難度。要坦然接受僅有的一絲絲實質，其實沒那麼容易。最近我思索著，或許戀愛的精髓就在「好煩，算了吧」這樣帶點自暴自棄的分界線，一點都不浪漫。

「就過你今天的人生吧。
別去想昨天。」

摘自電影《熱愛》

最近每看到一段經常播放的廣告，總讓我忍不住自言自語吐槽，才不是這樣！

這是一支保養品的廣告。使用這款產品保養肌膚的女孩子，在街上巧遇分手（甩了她？）的男子。身邊有了新任女友的男子發現女孩後，偷偷瞄了她一眼。接下來男子在當天晚上傳了簡訊給女孩，我忘了內容是「不敢置信」還是「刮目相看」，或是「覺得可惜」之類，總之，女孩露出一臉得意的表情，喃喃自語，講了句像是「少廢話！」、「活該」或「終於報仇了」，類似這個意思但用詞文雅一點的話……大致是這樣的內容。

被男人甩的女人，會下定決心要爭一口氣，設法變美讓對方後悔，這種事情無論在電視劇、小說或是現實生活中，其實都很常見。聽到有朋友這麼說，會大力鼓舞她「沒錯！」相信每個人也曾這樣對自己說過。

不過，不過呢，看到變漂亮的前女友而感到懊惱的男人，或是後悔分手的男人，我至今從來沒見過。當然，我倒是看過有男人跟幾年前分手的戀人重逢後，愛火重燃又一次交往。尤其是二十幾歲時還經常看到。然而，這並不是因爲分手之後女方變美而讓男人「刮目相看」，而是在生理上根本忘了這是過去曾經交往的女人（腦袋當然還記得啦）。或者，其實在分手後的這段日子裡，他從來忘不了這女人。

不單是男人這樣。雖然喃喃自語說要變帥給女人好看，這種小家子氣的男人不太多，但就算前男友眞的比過去帥氣許多，也不會讓妳有「哎呀，之前怎麼會暴殄天物……」的念頭吧。或許該換個說法，前任戀人這種生物，就算分手後重逢，怎麼看也不會變得更帥氣。即使站在一般大衆的立場，他的確是個好男人，但在自己眼中就像一件從衣櫃深處硬扯出來的舊衣服，有一股甩都甩不掉的過時感。難道只有我有這種想法嗎？

總之，爭一口氣↓對方感覺懊惱，這個簡單的公式就算出現在廣告中，卻很少存在於現實生活。

爲什麼不會讓對方覺得中了一箭呢？我忍不住思索。是不是一天到晚把「爭一口氣」這個目的放在心上的人，無論男女，只要老是有這個念頭，其實就不會變得多美？

話說回來，「要爭一口氣」這樣的念頭，就是面對過去。這跟想要挽回過去有著相同的意義。當一個人的雙眼只看著過去，無論發下什麼豪語，都無法變得多美。即使肌膚吹彈可破，對於穿搭有多得心應手，卻就是散發不出眞正迷人的氣質。當一個人被另一個人吸引時，通常不是因爲對方的長相、肌膚的狀況或是穿衣品味，而是因爲這個人散發出的氣質而著迷。

所以說，前面提到的那支廣告，對我來說如果要有眞實感的話，應該是被甩的女孩用了新的保養品，但無論怎麼保養都無法讓前男友回心轉意，於是她心想算啦，也不必認眞保養了。但就在此時，她順利交了新男友……，大概會是這樣的故事吧。不過，這麼乏味的內容當然拍不成影片，也寫不成小說。然而，當一時奮起，大量採購的化妝品開始堆起灰塵時，通常是一段新戀情的開端，這樣的現實我不知親眼目睹多少次。即使這是帶有放棄的心態，但當一個人肯定過去與自我，並放眼未來時，自然而然就會透露出一股他人仿效不來的美。

旅行與書本的每一天

《給愛麗絲——忌野清志郎詩集》

我沒讀過詩。過去雖然曾想要讀，大學的課堂上也被迫讀過，卻像看天書一樣，完全不懂要體會什麼，怎麼去欣賞。我猜是個人品味跟習慣的問題。好比說，廣播。聽廣播要樂在其中是有訣竅的，只有從以前就習慣收聽的人才懂得箇中樂趣。一個快三十歲的大人很難一時興起說「好吧，來聽廣播！」聽廣播的同時該做些什麼？還是該專心收聽，什麼都別做？連這種小事都不懂吧。詩也一樣。只不過，跟人說不懂得欣賞聽廣播的樂趣，似乎無關痛癢。但要是說自己不懂詩，大家就會認爲你是個粗線條、天資駑鈍、莽夫一個。因此，多年來我始終避開談到詩。

事實上，很可能眞的粗線條又天資駑鈍的我，在這世界上唯一能讀懂的詩，就是忌野清志郎寫的詩。講到忌野清志郎，是個讓母親或是保守派男性朋友皺眉的音樂人，之所以如此，是因爲他奇特的打扮、莫名其妙的鬍子跟花稍的服裝，然而，他寫的詩跟這副形象天差地遠。非常的寂靜、傷感。宛如陰霾下一座澄清的湖泊。就在平靜無波的灰茫茫湖面上，偶爾從雲間注下一道金色陽光。讓人覺得明明不了解這個世界，卻又好像懂了。但在下一瞬間仍舊覺得摸不透，只知道，寬闊的世界沒有邊際。他的詩，就讓人有類似感覺，是一處靜謐、傷感的湖泊。

由於他的聲音很特殊，同樣的詩詞唱成歌，跟以文字讀起來的感覺完全不一樣。我從十幾歲就聽他的歌，而讀他的詩時就像是截然不同的作品。現在我已經三十幾歲，聽著他過去唱的歌，就好像打開瓶蓋，在最常聽著他歌的那段時間，往事一一浮現。不過，讀起他的詩時，眼前浮現的不是當年的情境，而是完全不同的景象，是此刻我眼中的風景，這恐怕是十幾歲時的我所無法了解的光景。

詩——言語——會隨著閱讀的人而變化。在體會到十年前所不懂的心情之後，這段短短的言語會驟然變了表情。去年的我跟此刻的我，有著不同的煩惱，懷抱不同的希望，言語會因應這些差異而出現微妙的變化。這些僅僅幾行，有時甚至只有一個字的言語，絕不會令人陷入捉襟見肘的窘境，無論何時都能讓人理解、爲人擁有。是這般具有彈性，讓人能夠獨占。這，就是我從這位音樂人身上學到的。

西方的白天與東方的夜晚

我出門旅行時，有幾件禁止自己做的事，其中一項就是不打電話回東京。當然，如果因爲工作或有急事不得不聯絡時，不在此限。重點是，不能只因爲想找人聊天這個理由打電話給男友或朋友。這是我自己訂下的原則。哪怕再怎麼無聊，或是再怎麼寂寞。

有一次我在冬天到了冰島。一天比一天冷，去過的博物館、寺院、紀念館一間間進入寒假，前往目的地的公車也隨著秋天結束的腳步一起停駛，讓我切身體會到，在這個季節來到這個國家旅行簡直是瘋了。即使如此，我仍每天到處走，在人煙稀少空蕩蕩的B&B睡大頭覺，在這個鄉鎮待得膩了就轉乘公車到其他鄉鎮。

行李裡放了不少香菸。我在寫給男友的明信片上大嘆，這裡的香菸實在太貴啦！結果他立刻寄來如小山般的香菸。紙箱一打開，幾十盒香菸就塞在一只背包裡。我每次上酒館就隨身帶一包，坐在吧臺喝著黑啤酒一邊發呆，看著香菸盒側邊那幾句日文。就像讀一封信似的。

到了十二月，街上到處都是耶誕節的裝飾。無論櫥窗、大馬路上、小巷弄內、百貨公司，放眼望去都裝飾著耶誕樹、將臨圈、耶誕老人、耶穌誕生劇中的人偶。街上擠滿挑選禮物的人潮。天氣非常冷，淺藍色的天空很快地變成一片灰，不一會兒便下起雨。然而，街上那些一家大小或是戀人似乎毫不在意溼冷陰鬱的天氣，走在路上手牽手，露出宛如夏日陽光的燦爛笑容。

我混在人潮中走著，眼中看到的淨是公共電話。這才發現，似乎好一段時間沒跟任何人交談了。寒氣太逼人，我只能窩在小酒吧避難，手指隔著玻璃杯，沿著杯內流下的黑啤酒褐色泡沫，發現心裡正盤算著有什麼事情可以讓自己名正言順打電話，就像個小孩子找尋忘了寫功課的藉口。點一根菸，哎呀！對啦！靈光一現。還沒謝謝人家幫我寄香菸來呢，連順利收到都沒通知一聲。這樣可不行，得打通電話才對。這看起來是個打破自己規則的正當理由。我計算起日本跟冰島的時差。假裝沒發現，平常最害怕算數的自己，這時卻興奮雀躍。

天一亮，我到公用電話撥打了男友的號碼。話筒另一端的他，聲音聽起來好像近得只隔幾公尺。因此明明很久沒見面，我仍輕描淡寫問他「你在幹嘛？」感覺好像昨天還在一起。吃了晚飯，在看電視，他說。我們倆輕輕笑了一聲，然後兩人都不再言語。這裡是白天，話筒那一頭是夜晚。我心想，就像我跟他，毫無交集的一個人跟另一個人不經意邂逅，從此連結起彼此的世界；此刻在西方盡頭與東方邊界的小島上，白天與黑夜，我們倆所在的地方也連成一線。或許我不是想聊天，而是想了解這一點。

直到現在，我仍嚴禁自己在旅程中打電話。我想，一定是有股近乎幼稚的認真，想去珍惜在某處跟某個人心有相繫的深刻感覺吧。

踏上不適應旅程的理由

我就是無法適應出門旅行。一個人出遠門已經有十多年的經驗，自己也覺得總該習慣了吧，但每次旅行都好緊張。而且是緊張得不得了。

爲了舒緩緊張的情緒，不如看些照片讓自己抱著期待吧。買了旅遊書一打開，卻發現自己很認眞讀起「治安與犯罪」的章節。如果書上說這城市扒手很多，我就擔心自己一定會被扒；要是書上說這處峽谷常有土匪出沒，我頓時就感到絕望，想著必定會遭到洗劫一空。甚至還考慮，乾脆就別出門了，但只因爲這樣就取消行程又太窩囊，於是在準備時一邊自我鼓勵。

到了出發前，就連朋友的一句話也會讓我神經兮兮。過去從來不會特別說什麼的朋友，說了「一路順風！」也會讓我不安，覺得對方是不是有什麼預感，還追問著朋友：「爲什麼你這次會講這句話？有什麼徵兆嗎？」

在一如往常的緊張、不安、恐懼的情緒之中，前一陣子我到了蒙古。蒙古這個地方，就連首都烏蘭巴托對自助旅行的遊客也很封閉，這等於歐美文化尚未滲透至此。換句話說，這個城市非常平靜，而且獨具個性，但對於沒有嚮導，不諳蒙古當地語言的單身旅客來說，無論是長途移動、到露天市場買東西，甚至平常吃一頓飯，都極其困難。招牌寫的都是蒙古語，沒有窗戶的建築物，從外頭根本看不出哪間是賣吃的。迷路了也沒辦法問人。還有，這個地方的道路錯綜複雜，一離開大馬路，地圖便無用武之地。

一個人在這樣的城市漫無目的走著，對旅程的不適應表露無遺。在旅遊目的地出現的不適應——我認爲不是把行李放在位子上去廁所，也不是只吃日本料理，而是動不動會想著「究竟我是爲什麼會在這裡？」當時，我的確就在烏蘭巴托的街上喃喃自語：「究竟我爲什麼……」

倒楣的是，此刻落下大顆大顆的雨滴，彷彿呼應著我的負面情緒。不一會兒，路上到處出現大大小小的水坑，往來的車輛飛濺起雨水，我成了落湯雞，躲到建築物的走廊上，忍不住嘆氣。究竟我爲什麼會來到這種地方呢？

就在這時，溼滑的馬路上衝出一隻黑色野狗，奔馳的汽車雖然緊急煞車，仍不免打滑碰到小狗。車子直接飛奔離開，小黑狗雖然沒有明顯外傷，卻呆坐在原地一動也不動。其他車輛閃過坐在原地的小狗，飛濺起水花呼嘯而過。再這樣下去，小狗眞的會被輾過，該怎麼辦呢？在我心急的瞬間，不知從哪裡冒出四個孩子，他們不顧往來車輛的喇叭聲，走近小狗。四個人抱起小狗，把牠帶到小巷子裡。在建築物後方輕輕把小狗放下後，孩子們又不知跑哪兒去了。

這一切都發生在彈指之間。幾個孩子都是無家可歸的流浪兒吧，身上的穿著骯髒又破爛，有的人還打赤腳。不發一語，沒經過彼此商量，宛如只是拾起一條掉在地上的手帕般的不經意，幾個人就這樣出手救助流浪小黑狗。當然，對他們來說或許沒有任何「救助」的意念，眞的就只像撿起一條手帕。

我究竟目睹了什麼？此刻我所見到的，不就是人類一切行爲中最美的嗎？四下張望，剛才那四個流浪的孩子已不見蹤影。我眞心思索，他們是不是老天爺派來的呢？在我躲雨的走廊上，那隻獲得神助的小黑狗搖搖晃晃站起身，甩掉身上的水滴。

或許就是因爲這樣。爲了親眼目睹這些微不足道，卻又近似奇蹟的瞬間，未來我也仍持續踏上永遠無法適應的艱辛旅程。

名為我的天體，名為他的宇宙

舉個例子，我會把兩隻襪子疊在一起，用晾衣夾夾住腳尖的地方晾乾。收起來之後捲起來，將一隻腳鬆緊帶的地方反折，捲成圓圓的收到抽屜裡。還有，遇到隔天早上非得早起時，我除了調好鬧鐘之外，還會握拳依照起床的時間輕輕敲打枕頭。比方六點起床就敲六下，七點就敲七下。這樣我一定起得來。

這是在三十幾年人生中培養出的固定習慣。或許有人認爲，這些日常小事搞得這麼誇張，但實際上的確如此。光設定鬧鐘會讓我睡得不安穩，而晾襪子時用晾衣夾夾住鬆緊帶的部分，這簡直亂來。

像這樣看似很蠢，卻是多年以來養成的習慣，充斥生活之中。平常毫不在意，無意識地邊哼著歌，邊晾襪子，或敲打枕頭。

直到有一天，當我發現襪子捲成一團收納，或是敲打枕頭，這些竟然不是世界共通的常識時，會感到非常錯愕。而向我們揭曉這件事的，通常都是戀人。

我的男友晾襪子時是將鬆緊帶部分朝上，而且收的時候不捲成一圈，只會折起來。他也從來不會敲打枕頭。想要早起時，他會設定兩個鬧鐘，還有使用手機上的鬧鈴功能，靠這些計時的機器來叫醒他。這世界不是這樣的吧！我在心裡忖度，外加實際上倚賴三個機器還是吵不醒我男友，讓我認爲原因就出在他沒敲打枕頭。然而，站在他的角度，這種晾襪子的方式、這種起床的方式，也是他長久以來養成的固定習慣。

在愛情還很新鮮的階段沒什麼。不斷湧出的新發現，讓人感到既興奮又甜蜜，在每一件生活小事上，能看得到對方從小到大的生長的痕跡。看到有人竟然晾襪子時會把鬆緊帶朝上，還會笑著說這人眞傻。

然而，當交往得久了，彼此的愛已經熟透時的新發現就不同了。這些不再是愛人生長的軌跡，而是單純生活習慣上的差異。非常可怕，習慣上的差異會令人失去耐心。日後回過頭來看會覺得白痴到可笑，但實際上我們眞的會爲了襪子該怎麼晾，早餐要吃麵包還是白飯，買衛生紙時需不需要講究牌子……這些事情而大哭大鬧，大吵一架。面對與自己習慣上有差異的人，眞心感到厭惡。

永保愛情的新鮮感不就好了嗎？話不是這麼說。永保新鮮的愛情，與生活是無法相容的。過於拚命要保持愛情的新鮮感，到最後就會陷入一個不知是死還是活的世界。我們在愛上一個人的同時，也必須維持生活。無論稱爲生長軌跡或習慣差異都好，總之跟其他人的習性必須互相協調、折衷。

這種狀況下，我總把人的本身當作一個小宇宙、小天體。在這之中，當另一個有自己的溫度、自己的規則、懷抱自我存在意義的小天體靠過來，靠得太近就會起衝突。這股衝突有時候能創造出下一個新世界，但也可能徹底毀掉彼此。

一個人獨自生活的時間愈久，這個宇宙的原理就變得愈穩固堅定。簡單來說，比起十五歲就跟他人一起生活，到了三十歲時的難度會高上好幾倍。與其爲了這些小事動不動起衝突，有時甚至令人心想，乾脆一個人還輕鬆一些，隨自己愛怎麼晾襪子，高興什麼時候吃東西，還能吃自己愛吃的。上廁所時也不必關門，日子簡單多啦。

但這樣想必是錯的吧。名叫「我」的這個天體，並非只在黑暗的天邊一角繞圈漂流。如此漫長的徬徨、游移，必定是爲了遇到跟我相像，或是截然不同的另一個天體。

我跟那個用三個鬧鐘的戀人，爲了很多事情起爭執，面對軌跡與差異的分界線，以及彼此在這條分界上擦邊的異同忍不住嘆息。即使如此，某天，我發現自己哼著歌，用晾衣夾夾在襪子的鬆緊帶上；同時看著戀人輕輕敲打枕頭。在這一瞬間，我會得意心想，哇！天體合而爲一，出現了新的宇宙！

女性朋友的住處

在購物中心十四樓，抽著菸眺望窗外的景色，一邊等人。傍晚五點多，窗外的天色在深藍中混著晚霞色彩，形成複雜的色調。正下方林立的高樓閃爍著紅、白色的微微光點，我突然覺得好懷念。我立刻從記憶中搜尋，這股懷舊感源自何處，不一會兒就找到了。是在一位女性朋友住處看到的景色，過去在朋友家可以看到跟這裡幾乎一模一樣的夜景。

那位朋友，就暫且叫她美代子吧。美代子跟我是高中時期認識的，當時我的個性很陰沉，非常煩惱，於是死馬當活馬醫，我去上了東京都內的一所演員訓練班。我跟美代子就是在那所演員訓練班認識的。美代子跟我同年，她從很遠的縣市轉搭好幾班電車來上課，她跟其他打扮得花枝招展，野心勃勃的學員不同，跟我差不多都是沉默寡言、個性陰沉，既不亮麗也不美，一點都不起眼。我們倆會變得熟稔，不是因爲談得來，或是對彼此有好感，只是單純兩人在那個環境中都格格不入。

經過一年，我的個性並沒有像當初預期變得開朗，我領悟到，這股陰鬱是天生的，便退出訓練班。同一時期美代子也退出了，她說這下子她明白自己不是演員的料子。自此之後，我跟她沒了交集，也沒再見面。

高中畢業，剛進大學那陣子，我意外接到美代子的電話。她說因爲升學的關係，隻身來到東京，但身邊沒半個熟人覺得惶惶不安。就這樣，我們倆重逢，之後也很常碰面。我平常從家裡花一個半小時通車上學，有時候多喝幾杯錯過了末班車，就會借住在美代子那裡。

美代子的住處位於私鐵沿線，從急行快車沒停靠的一處安靜小車站步行大約七分鐘。一棟兩層木造房，她住在邊間，西側窗戶望出去有一棵大櫸木，至於南側窗戶的窗簾，永遠都是拉上的，分不清窗外是早晨還中午，因此我從來也不知道南側窗戶看出去是什麼景觀。

在學生時代，就我所知美代子沒交到什麼朋友，也沒談戀愛。她本人似乎對此也不以爲意。不僅如此，她還經常說這些事都很無聊。學校眞無聊，班上那些女生無聊死了，談戀愛什麼的無聊透頂。她躺在破舊的榻榻米上，像練習說臺詞似地喃喃自語。這時候我總會思索，過去我們倆沒有特別談得來，也不是彼此有好感，只因爲都不能融入那個環境而在一起，那麼，現在又是爲什麼在一起呢？念了大學的我們倆在個性上談不上合得來，而我對這個開口閉口對所有事都覺得無聊的女生也沒太多好感。

美代子在她大學畢業後沒多久，就搬到那間公寓。我畢業之後沒出去工作，一直窩在家裡偷偷寫小說，美代子則進了一間食品公司。美代子的新住處每個房間都有窗臺，她再也不會直嚷著好無聊。每次碰面，她要不是聊同事，就是聊新交的男友，講個不停。過去我明明不喜歡她那種動不動喊無聊的態度，但看著沉醉在新生活的美代子我也覺得沒什麼意思。

不到一年，她辭掉工作搬了家。在新遷入的那棟大樓一樓、堆滿紙箱的住處，我詢問她原因。原來美代子在公司裡交的男友竟然偷吃，而且對象還是公司裡的其他女同事。我再也不相信男人了！美代子又像唸臺詞一樣低聲喃喃。

那個位於舊大樓一樓的住處，幾乎透不進一絲陽光。因為這樣，屋子裡總是感覺很陰溼。雖然不方便說出口，但我眞的覺得這環境跟不屑說著再也不相信男人的美代子，感覺好契合。

不再相信男人的美代子後來以派遣員工進入一間廣告公司，她把在工作場合或是聯誼認識的男人，一個接著一個帶回她那昏暗陰溼的住處。我跟忙碌的美代子再次疏遠，偶爾我想起她，總忍不住思索，人眞的會做出一些比粗糙電視劇更簡單無腦的行為啊。還是人會在下意識模仿起那些曾看過的粗糙電視劇呢？

我們第三次重逢是兩年之後，美代子這時搬進了一棟華廈的最高樓層。對，就是那個住處，一房兩廳還附廚房，靠東側的大片窗望出去就是新宿副都心的高樓群，清晰得宛如一幅畫。

重逢之後，我們每次相約都是在美代子的住處，兩人經常望著黃昏時空中宛如精美畫作的高樓群，一起喝酒。有時候，夕陽西下，我們就凝視著高樓群閃爍的無數光點聊著天。美代子說，她在一間出版遊戲相關書籍的公司工作。這間房子寬敞、簇新，布置得挺清爽，卻隨時都有一股莫名的傷感。有時在漆黑中跟美代子兩個人爲了買醉而喝酒，就覺得自己好像完全被外面的世界隔絕。我要結婚了。那時美代子看著夜景，突如其來說道。時間訂在明年六月，婚禮在目白的椿山莊舉辦。對方大她兩歲。去年夏天一個人去巴黎度假時，在飛機上他就坐在美代子旁邊。很戲劇性吧？美代子說。然而，她的口吻跟當年躺在榻榻米上低喃著「好無聊哦！」時好像，害我連跟她恭喜都壓根忘了說。

沒道恭喜，我們倆又斷了聯絡。過了六月，仍沒接到美代子的聯絡。我曾試過打電話到她位於頂樓的住處，語音卻告訴我這個號碼已經停用。

此刻，我在購物中心十四樓，想起美代子的住處。對於美代子的長相，我只能模模糊糊回憶，但她搬進的幾個地方我卻連小地方都想得起來。過去她住過的幾個地方，就像房屋仲介帶看的空屋一樣，完全沒有交集，感覺卻像因爲哪裡出了差錯而跟我有所牽連。然而，這比起過去我自己待過的地方更令人感到懷念。

眼前的一幕讓我聯想起過去在美代子住處看到的景象，於是曾經苦思過多次的疑問再度浮現。不算談得來，彼此也沒有特別好感，更不是推心置腹，爲什麼我們在某段時間就會在一起呢？彷彿對於一切都無法融入，就跟緊貼著一片鏡面牆，雙眼目光游移不定時一樣，什麼都沒變。這時，我突然深信，往後也將在這片深藍色的天空下，某個她的住處，再次共度一段時光。

頭銜就是「我」

有個男人永遠死都不跟我打招呼。年紀比我大，跟我從事類似的行業，彼此擦身而過時即使我對他點點頭表示「你好」，他也絕不跟我打招呼。他不是完全把我當空氣，而像是「嗯哼」地輕輕點一下頭。就連在窄得肩膀快碰到的室內走廊上，他也是同樣的反應。在這麼狹窄的空間裡，要努力不跟對方有眼神接觸，我覺得滿辛苦的，但他這麼努力抗拒打招呼，讓我不得不想到他有一股強大的意志。就是要讓我明白，我們雖然從事類似的工作，但他就是比我了不起。

聽說那個男人以前是老師之後，我深深了解他要展現的那股意志。老師沒什麼好擺架子，而且如果他是現任教師的話，也不必特地裝模作樣。正因爲他「曾是」老師，才需要擺起架子。現在他雖然已經沒有顯而易見的頭銜或名稱，但過去可是每個人都要尊稱一聲「老師」的地位，所以才以不主動打招呼來突顯這一點。

我從小學到高中都是在同一所學校，十二年來在鍋爐室常會看到有個中年男子在調整那些設備。貌似穩重、沉默寡言的這個人，每年一到耶誕節就大出風頭。我念小學時，他會扮成耶誕老人，跳著輕快的舞步。聽說他很久以前是這所學校的體育老師。

我升上中學、高中之後，他已經不再穿耶誕老人的服裝了。不變的是，每個耶誕節他仍會大展身手。我在他的指導下，成功演出耶誕節的節慶劇。他不是現任教師，也不是學校行政人員，究竟該算什麼人呢？我在學校的十二年之中，卻從來沒想過這個問題。他，就是，他。

高中畢業幾年之後，一次的偶然讓我知道了他是誰。原來他曾是全球知名的舞者。他趁著巡迴世界公演的空檔，到過去任教體育的女校幫忙，或是扮演耶誕老人。我跟很多知道他是舞者的人說，他常在我們學校的鍋爐室，所有人都大笑，不肯相信。當然他們也覺得耶誕節慶劇的事是我在吹牛。

從他的態度讓我學到，一個人單純光只是一個人，竟然也能如此引以爲傲。把頭銜、行業、年齡的因素全部摒除，我們就能不受任何污染。再也沒有什麼會被搶走、會受到威脅，以及失去。「了不起」這個形容詞，對他來說只像一條絆腳的地毯。

至於那個對年紀輕的我不屑一顧，拚命裝腔作勢，只會「嗯哼」輕輕點頭的前教師，他永遠都少了些什麼，往後也不斷汙衊著沒有頭銜的自己。這讓我深深感到可悲。

綠手指與牽牛花

有本童書叫做《綠手指》，主角是指尖會不斷綻放花朵的男子。事實上我覺得很多人都有綠手指。能夠讓觀葉植物、小花苗不枯死，還養得愈來愈健壯，這就是有綠手指的人。

個性勤快或懶惰，有沒有知識，愛不愛植物，這都是其次，重點在於是否有綠手指，這也可算是一種天賦。

而我呢，完全缺乏這種能力。就連與堅韌劃上等號的仙人掌或觀葉植物，也會被我種到死。然而，比我沒耐性好幾倍，生性疏懶不細心的男性友人家中，一株橡膠樹放著不管也不停生長，他甚至還把這株橡膠樹移到室外。結果橡膠樹在大樓的樓梯旁，到現在仍持續生長。像這個朋友正是擁有綠手指。我猜那株橡膠樹如果搬來我家，肯定馬上變得毫無生氣吧。

因爲這樣，沒有綠手指的我對於要悉心照料的花朵、植物，絕不敢隨便亂碰，但我也不是完全沒興趣。我一直心想，有機會的話，很想在家裡盡情栽種花花草草、觀葉植物。

今年七月，看著來來往往迎接暑假到來的孩子們，我突然付諸行動，前往花店。我心想，牽牛花的話應該連我都能種吧。因爲小時候的暑假作業就種過呀，表示連很小的孩子都能種得活，三十五歲的我沒理由辦不到。

我確實遵照包裝袋上的說明種下種子，之後每天早上起床，第一件事就是直衝陽臺，看看盆栽。這不是影片快轉，當然不可能一、兩天就發芽，持續抽高，但我面對毫無變化的土壤表面，每天都提心吊膽。會不會澆太多水……，可能播種的方式弄錯了……，哎呀，果然我眞的天生就沒有綠手指……，不停煩惱。

因此，某天早上看到土壤表面露臉的一棵棵小嫩芽時，我簡直欣喜若狂。

我甚至想幫每一位對暑假作業感到厭煩的小朋友捉刀，爲他們每天記錄牽牛花生長日記。

七月播種的牽牛花，到了八月中陸續開花。每天早晨我都在陽臺發出驚呼，不知不覺就當場蹲下來。紫色、淺桃色、藍色，綻放著花朵的牽牛花是那麼美、那麼亭亭玉立，讓我百看不膩，深深著迷。想到如此美麗的色彩、花朵，以及籠罩在花朵周圍的寧靜，全都來自一顆顆小小的種子，而且還是我親手栽下，還是忍不住感到驚奇。

八月開始綻放花朵的牽牛花，即使一、兩天忘了澆水也無所謂，非常勇健，花還一直持續開到十月中。想想一包種子才七十日圓，牽牛花這種植物，竟是如此謙虛，如此體貼！

這個夏天，我這個沒有綠手指的人，體會到微小且平價的奇蹟。

宛如可靠的兒時玩伴

我覺得自己似乎有些看不起文庫本。

文庫本比單行本廉價，令人感覺容易到手，少了些感恩的心；此外，又因為尺寸小，經常讀一讀就不知隨手擺哪兒去。這純粹是我自己的疏懶個性所致，卻因為不想承認就把責任推給文庫本，但同時我又覺得文庫本很適合這種背黑鍋的處境。

因此，想閱讀一本書時沒看到在書架上，如果是文庫本我就會立刻再買。比方說，大庭美奈子的《三隻螃蟹》，我家裡就有三本。一本是朋友送我，其他兩本是自己買的。話說我在讀著自己買的其中一本時，邊讀，腦中邊陸續冒出接下來的情節，跟書中內容不謀而合，讓我覺得莫名詭異。結果，幾天後就在書櫃深處發現朋友送我的那本。原來我在幾年前就讀過了。後來又過了幾年，找不到把《三隻螃蟹》收到家中的哪兒，於是又買一本。

前陣子我搬家了，搬家時竟然冒出了三本《三隻螃蟹》，煩死啦。真氣人，文庫本就是這副德性！在我氣呼呼之中，陸續又發現森茉莉（根本沒讀過）還有夏目漱石各兩本，簡直令人傻眼。

話說回來，這麼討人厭的文庫本，對我來說也有不可或缺的時刻，就是出門旅行。一人一只背包的旅行，幾乎不可能不隨身攜帶文庫本。

我差不多都是獨自一人出遠門，經常會有大把時間。等候巴士或電車、等候抵達目的地、等候用餐、等候入睡。最近我常想，旅行中有大部分都由等候構成，而陪我度過這段時間的，首選就是文庫本。順帶一提，第二名是日記，第三名則是想像力。

出發之前，比起參考旅遊指南，或是整理行李，我出門準備的首要任務就是購買文庫本。一個月的旅程大概會準備個五本，兩個禮拜的話就三本左右。這可是得精挑細選。

旅程中因爲對日文的渴望，挑選的書要比平常更能專注閱讀，而且讀完之後如果還要繼續等候，必須禁得起一讀再讀。一趟旅程會受到攜帶的書籍所影響，這是事實。因此，我認爲得跟挑同行旅伴一樣愼重。首先講求契合度、體力的差異、喜好的差異、容易發生爭執的狀況，以及因應方式。雖然我沒找過旅伴，但每次都以這樣的標準來挑選文庫本。

旅行與文庫本的組合下，最令我難忘的就是在越南讀開高健的《光輝的黑夜》。朋友聽到我說要去越南，塞給我一本文庫本，我卻提不起勁讀。沒想到抵達目的地當天就感冒，在床上躺了三天，爲了排遣無聊而閱讀，卻一讀就不忍釋卷。

一個月的旅程，搭乘火車從河內到胡志明市，途中發現有興趣的地方就稍作停留。在這段期間，我只反覆讀了這本書好幾遍。在這本書中提出了「想要用氣味來書寫」的說法，小說中瀰漫的氣味、色彩、聲音，漸漸地與我此刻漫步的街道氣氛完美重合。

順化這個古都，過去在越戰時曾是發生激戰的地區。在這裡，我於深夜坐上三輪車，道路只有中間是水泥地，兩旁都還是紅土，路邊茂密的大樹構成一道自然的拱門。漆黑，幽靜，耳邊聽到的只有三輪車車輪轉動的聲響，以及車伕微微的喘息。眼前籠罩一層淡淡霧氣，路上完全沒有行人，偶爾出現昏暗的路燈，映射著彈孔痕跡殘留的矮牆。

坐在三輪車上，我眼前的街道如此靜謐、美麗，我卻突然感到一股從未體驗過的恐懼。面對沒入闇黑中的一條筆直道路，通往的不是火車站，而是過去，不，是前往褲子後方口袋裡那本文庫本的世界，而且理所當然，絲毫沒有任何不尋常。在這樣的想法下，恐懼中我也忍不住沉醉。

文庫本就像這樣，在旅程中，一對一，直接伸出手來，將時間與空間攪得亂七八糟，讓我在一個什麼都不是的地方發愣。在那裡，我在體會到隱約的恐懼之中，同時面對無以名狀的美而出了神。

在日常生活中很少主動接觸的文庫本，跟我的旅行卻無法切割。與旅行無法切割，也就等於無法與我切割。縱使我看不起文庫本，還讓文庫本背黑鍋，同時也仰賴著文庫本，就像仰賴個兒時玩伴。

閱讀筆記《光輝的黑夜》開高健 著

才剛抵達河內，當天我就感冒了，一整天裹著毛毯窩在飯店房間裡。地圖、旅遊指南都快翻爛之後，我拿出隨身攜帶的唯一一本書。當初朋友聽到我要到越南，差不多是硬塞給我，我實在沒什麼興趣，又不好意思推還給對方，只好不太甘願帶在身上。內容好像是講越戰。就像我對《前進高棉》、《早安越南》這些電影都沒什麼興趣，或是對過去祖母說的那些戰爭體驗毫無共鳴，總之，我對越戰完全不感興趣。就連人已經在越南也一樣，只不過因爲整個人畏寒、頭痛加上發燒，沒辦法出門，只好隨手翻閱消磨時間。不知不覺，我全身起雞皮疙瘩，而究竟是因爲感冒所致，還是這本書令我太感動，我也搞不清楚，只能蜷著身子窩在床上苦笑。

感冒總算好了，在窗外只看得到隔壁建築物殘破牆壁的飯店裡關了整整兩天，終於能走出來。我在街上逛了一會兒，搭乘夜車南下到另一個城市。周圍的環境、街景，總算逐漸變得立體，同時腦中也不由得建構起那本小說中的世界，塗上色彩，二十幾年前的街道和我此刻漫步的地方連結了起來。看著城牆上留下的彈孔痕跡，失去雙腿的老乞丐被人用空罐扔，在幾乎沒有會講英文的人之中，一個七十幾歲的老人以流暢的英文交談，每當想起這些，就在飯店房間裡不斷翻閱著這本書。小說裡的主角說過，他想描繪出「氣味」，的確，整本書裡充滿了氣味，而這股氣味不僅是戰爭的氣味，還籠罩著當地的一切。這股氣味至今還留在當地。就在三十多年後，我這個對於越戰一無所知的人，所大搖大擺漫步的街道上，依舊殘留。這讓我好驚訝，也很感動。

我跟長期住在同一間飯店的美籍遊客混熟了，他看到我穿了件吉米．亨德里克斯（Jimi Hendrix）的T恤，說他一九六七年曾在蒙特瑞（Monterey）看過吉米．亨德里克斯的演出。隔年就被徵調到越南，待了兩年。吉米．亨德里克斯、奧提斯（Otis）、誰合唱團（The Who）、滾石合唱團（Rolling Stones），他帶了好多當時在越南聽的歌曲錄音帶，獨處的時候就聽。他說，每次聽著這些歌，塵封在歌曲中的往事（也就是他青春的一頁）就歷歷在目。是哪些事？是怎麼樣浮現？有什麼感覺？我好想問他卻又開不了口。然而，我甚至覺得，就連他的回憶也包括在這本小說散發的氣味中。

如果戰爭這個局面在結束之後，所留下的氣味是一種真實，那麼，書中主角的心聲：「希望徹底面對沒有虛假的存在，打造自我的形體」相信也是跨越時代、地點、背景的眞實。我在悶熱的暑氣中如是思索。

哈利波特有榮恩，我有小瑠

小瑠的座號在我前一號，是我念小學後第一個交到的朋友。換句話說，她也是第一個讓我了解到這世界沒那麼討人厭的人物。

還沒認識小瑠之前，我真是太厭惡這個世界了。我是個非常偏食的小鬼，又很怕開口講話，一天到晚尿床，其他同年紀的孩子會做的事，我卻莫名其妙都學不會。因此認識小瑠時我真的好開心。她長得比我還瘦小，跟我一樣很多事情都不會，而且她比我還偏食，更坐不住，她卻一點都不在意。瘦瘦小小的人動作比較迅速，偏食就是只吃自己愛吃的東西，遇到很多事情做不好的時候，可以偷懶，兩個人自己去玩。這些都是我那位小朋友教我的。

從此以後，我眼前的世界大大改變。我跟小瑠手牽手，整天像猴子一樣玩個不停，視線所及的一切都是我們的玩具。制服裙子上永遠都沾著一層沙子，上衣每天都是拉出來的。每次到小瑠家玩，吃的點心總是蕎麥麵，因為小瑠喜歡的食物只有蕎麥麵。當年在小瑠家吃太多蕎麥麵，之後好幾年一看到蕎麥麵就怕。

春天過後，發生了一件可怕的事。體育課要游泳！在這之前我從來沒游過。游泳課當天，我拎著塞滿游泳用具的包包，走在上學的路上，又想起那股沉重的心情，想起過去做不來大家都學會的事情的那段日子。彷彿被所有人拋下的委屈，以及全世界將我拒於門外的疏離。這一次，肯定我又要再一次嘗到這滋味。

體育課是第三、第四節課。我在苦惱中度過第一、第二節課，到了第二節結束的喝牛奶時間（其實就是稍微長一點的下課時間），我決定冒充家長欺騙老師。

我拿出老師跟家長之間溝通用的家庭聯絡簿，模仿爸媽的口吻寫道，因為感冒的關係，請讓小女游泳課請假一次。我就這樣用鉛筆寫，而且是小學一年級的拙劣字跡。小瑠在一旁看了大喊：「這會穿幫啦！一看就知道是騙人的！」

那該怎麼辦呢？我又不會游泳！我打開小瑠不喝的牛奶，一邊低聲嘟噥。

「游吧！」小瑠穩重地說。「我也不會游。但兩個人一起就沒什麼好怕了。游啦，沒事的！」

身材比我瘦小，比我還偏食的小瑠說游吧。我也定了定神，把聯絡欄位上的鉛筆字跡用橡皮擦擦乾淨。就這樣，我們倆手牽手，緊張到快尿褲子，提心吊膽走向游泳池。

講起學校，我第一個想起的就是小瑠，還有游泳課的那一天。這世界有時候充滿了令人愉快、興奮、沉醉的事情，但有時候也會有無奈、跟自己格格不入，甚至最好能轉過身不要面對的事情。在這之中，單打獨鬥確實有滿滿的無力感，但這時我懂了，如果有人跟我一起面對，那股力量有多強大。

我跟小瑠感情實在太好了，兩個人在一起根本不念書，到了三年級被強迫分到不同班級。當時，我們倆商量好養成一個同樣的習慣，就是啃指甲。即使不在一起，爲了不要忘記對方，每天都啃指甲，後來就成了習慣。

小學畢業時，我跟小瑠已經沒那麼親近，之後更是完全沒聯絡。但我到現在還是習慣啃指甲，甚至指甲用啃的還比用指甲剪來剪更整齊。兩個人在一起就沒什麼好怕！每次一啃指甲就感覺心情平靜，一定是因爲想起這句話。當我面對未知世界要踏出去時的咒語，至今依舊維持它的效力。

我的皮皮與賴思慕

去年春天，我到了瑞典停留短短幾天。斯德哥爾摩是個好美、好幽靜的都市，有點難相信是個首都。都市裡到處都有河流流經，天空看起來好高、好清澈。距離市區稍遠一點，是一片廣闊到令人錯愕的綠地。即使接近深夜，四周依舊幽靜，是一個能讓人放心散步的城市。

不過，這裡實在美得過頭，就像風景明信片一樣，讓我很難融入。也可能這次走訪是因爲工作而非度假，完全找不到能融入當地的機會。就在我感覺有些煩惱，不知該如何是好時，在某個地方巧遇了意想不到的人。

在市區的公園裡，搭了好幾座藍色、紅色的臨時帳篷，人潮洶湧。我一時好奇，走近看了才知道，原來是書市。放著熱鬧的音樂，在晴朗的天氣中，無論孩子或大人，人手一書。我也跟著人群，到各個店鋪單純逛逛。一瞬間，眼角掠過個熟悉的人物（理論上在斯德哥爾摩不可能遇到熟人），爲了進一步確認是誰，我連忙四處張望尋找。

很久以前的兒時玩伴，混在其他顧客之中差點沒看見。我差點忍不住大叫對方的名字。這不是皮皮嗎！

一頭紅髮，滿臉雀斑，兩條往外翹的辮子，左右兩隻不同顏色的及膝襪，套著一雙大大的男鞋。沒錯，這就是住在亂糟糟別墅的長襪皮皮！

定了定神環顧周遭，發現現場比起書市更像是個園遊會，好多變裝的大人、小孩走來走去。多虧了跟那個扮成皮皮的女孩擦身而過，我才發現，這個國家正是我很親近的兒時玩伴的故鄉呀！這下子我走在街上時，原先覺得宛如風景明信片一樣美的地方，突然多了股親切感。這個國家是皮皮自由昂首闊步的地方。

小時候我就跟湯米還有安妮卡一樣，深深受到皮皮的吸引，每天都想跟她玩在一起。不過，長大之後重新閱讀，發現皮皮的想法竟是如此天馬行空，讓我不得不感到驚訝，身爲大人的作家林格倫，怎麼能這般眞實描繪出小小兒童世界裡的偉大自由呢？之後經過這麼久，卻再也沒出現像林格倫這樣能以孩子的角度，精確描寫出自由本質的作家了。

電影《孤兒賴思慕流浪記》裡也精準描繪出這樣的自由。面對無論是提供三餐溫飽以及得以遮風避雨的住家，或者是豪宅及錦衣玉食，還是其中可能獲得幸福的家庭，賴思慕全都捨棄，而選擇了自由。通常在描寫兒童時必定會伴隨的善、惡、訓誡以及成長，林格倫絲毫不以這些來討好，反而暢快獨立地描寫孩子眼中的自由。

皮皮老是穿著爸爸買給她的那雙大鞋子，賴思慕則是成天打赤腳跑來跑去。但是皮皮從來不會被鞋子絆倒，賴思慕也不曾踩到危險物品。或許瑞典這個國家不斷打造的，就是讓孩子能放心奔跑的地方。我這個外國人三更半夜安心走在路上時這麼想。而同時身爲母親及作家的林格倫一定很清楚，打造安全舒適、沒有盡頭的道路，讓所有孩子不同的雙腿能自由奔跑，這是大人的使命。

即使在林格倫過世之後，皮皮與賴思慕依舊是所有孩子的朋友。對我們來說，這是一種幸福。

跟著書一起走

詩改變內心的風景

《因想念你而生的詩》（宗左近編，新潮社）

《一日將盡的詩集》（長田弘著，美鈴書房）

新年剛過，東京就下起雪。我出生在不下雪的地方，看到雪總覺得很新奇，忍不住就打開窗，望得出了神。

看著逐漸染成一片白的街道，心情也慢慢變得平靜。咦？忽然想到這種感覺很類似某種情境。看著熟悉的街道一點一點轉為銀白，彷彿自己徘徊在不知名的地方。

對啦，這感覺跟讀詩的時候好像。

其實，詩對我而言一直是不易親近的領域。總覺得詩太裝模作樣又難懂，但這麼說似乎又像看不起詩。不過，仔細想想，詩其實就在我們身邊。時常掛在嘴邊的那首喜愛的歌曲，抽掉旋律之後，也是一首詩。就像這樣，有個只以詩來呈現的世界。

一字一句就像白雪般，堆積在我的心上。一下子覆蓋住每天已經看膩的光景，感覺換了個截然不同的世界。看在眼裡，我屏氣凝神，心中有一絲期待，說不定明天早上雪融之後，出現的是一個全新的世界。

這麼說來，過去我的確是天天這麼想的高中生。我的世界只有家跟學校，對於其他地方一無所知，永遠這般索然無味。每當要迎接新年、新學期，我總期待著說不定會有什麼轉機，或許會有嶄新的開端。但實際上就算年齡增長，新的一年到來，我仍是那個一如往常乏味的自己，過的生活宛如複製昨天一整天，面對的世界依舊渺小。高中時期，在我面前從來沒降下奇蹟之雪。

如果我能見到當年的自己，希望帶給她兩本詩集。

《因想念你而生的詩》，這本書裡收錄了八十四首詩，從小學生的詩到出自名人手筆的作品。爲這本書選詩的人寫道，在介紹詩作之前完全不提及作者的經歷與年齡。是的，這裡只有文字言語。

另一本《一日將盡的詩集》，收錄的都是感覺穩重、平靜的詩作，像是邁向人類最後一段路似的。那股成熟一開始會令人困惑，但反覆閱讀之下，一概沒有艱澀字詞及表達方式的詩作，讓人一下子完全融入其中。

詩，因爲短而簡潔，可以隨各人心意來解讀。可以在短短一句裡塞進自己所有的經驗，也能與記憶中的某個片段重合。這麼一來，詩就成了完全配合你而存在。

如果一字一句化成的雪花，將一切染成雪白，在晴朗的早晨，內心深處出現了前所未見的嶄新景色，那麼，這一天將會變得比世紀轉變的那一天更重要。而詩，讓這一切都成了可能。

呼喚奇蹟的「給某人的心意」

《盪鞦韆》（石井愼二著，理論社）

《公爵》（文・江國香織／圖・山本容子，講談社）

首次踏上國外的都市，語言不通，哪裡有什麼也不清楚，完全看不出哪些人親切和善，哪些人不然，有股無奈的不安。這種心情我經常體驗。

這種狀況下，在陌生的城市裡，看著跟我使用完全不同的語言，擁有完全不同生活習慣的人，跟我一樣大笑、生氣、津津有味吃著飯，不知不覺不安的情緒煙消雲散，就算在不熟悉的地方也能放心漫步。

會哭，會笑，肚子餓了就要吃。這在全世界的任何地方，所有人都不需要有人教就會反覆這麼做。對我來說這是一股強大的力量，讓我感到非常放心，面對就連只是擦身而過的陌生人，也能信任。

讀了這兩本書之後，我深深覺得，人必須心想著他人，重視某個人，或許這樣的意念比哭泣、歡笑來得更強烈，而且更原始，或許其實是早在我們出生之前就已經知道。

心想著他人，這跟戀愛非常相似。但戀愛必定會夾帶著更複雜的情緒——嫉妒、算計——混在其中，並且有時感覺脆弱。單純地心繫著某個人的心意，是更堅定不動搖的。

內容中出現稍微另類家庭的《盪鞦韆》，雖然是悲劇性的發展，但有天才之稱的弟弟對於家人的心意，在絕望之中帶來一絲光明。

在《公爵》裡，深陷在痛失愛犬悲傷的主角，這股思念卻帶著他遇見下一個無限的美好。

讀著讀著，忍不住心想，我懂我懂，這樣的心情，這樣的態度，我們必須如此無可救藥地牽掛著他人。

未必要是人類，可以是寵物，是一段回憶，或是窗外的景色。相信每個人都懂得，去珍惜、去守護的重要。因為我們打從出生就不斷重複同樣的情緒，一路成長。

這兩本作品講到一心想著某人時，就會發生奇蹟，非常具有說服力。奇蹟，似乎感覺遙遠，其實不然。它非常微小，近在身邊，相信只要懂得去珍惜，心中隨時都存在著奇蹟。我想，其實每天不斷都有奇蹟發生，只是經常沒發現。

凡是別人教會我們的，總是一下子就忘記。那些硬是死記下來的越容易忘，很快就變得毫無意義。但沒有人教就會的東西，想忘掉都不可能。我們每天笑，每天哭，每天珍惜著某個人事物，就會不斷發生小小的奇蹟。

大人真辛苦

《人肉沙包》（晴留屋明著，古川書房）

《Are You Happy?》（矢澤永吉著，日經ＢＰ社）

我是個在各方面表現都不理想的小孩。在學校裡，我的品行十分糟糕。剛進高中沒多久時，媽媽到學校參加面談，老師對她說，妳這孩子讓人很傷腦筋，再這樣下去，以後會很辛苦。母親跟我聽了目瞪口呆。老師是我唯一認識的大人，他既然這麼說，我也認爲一定錯不了。

因此，我一直很害怕。害怕變得很辛苦的未來，害怕長大後不知該如何是好的自己。

到了堪稱大人的年紀，察覺到現實好像眞的挺辛苦，然後想起當時那段不祥的預告，我至今仍覺得惶恐，擔心終有一天得面對束手無策的困境。

話說回來，很辛苦究竟指的是什麼狀況，我其實不太清楚。但好比說《人肉沙包》的作者所面臨的環境，就是百分之百糟到沒話說。

一個善良的人，大概對理財很不擅長，開了公司卻沒多久就倒閉，得背起一億五千萬圓的債務。家裡還有妻兒，被逼上絕境的他，由於過去曾是拳擊手，他想到賺錢的方式就是靠自己的身體，以一分鐘一千圓的代價讓人痛毆。這就是本書敘述的內容。

或是衆人有目共睹的成功人士矢澤永吉，在讀過他的《Are You Happy?》之後，感覺他也吃了很多苦啊。接二連三遭到信任的工作人員欺騙，用盡心力終究無法顧及家人，在不斷試誤學習中建立起新的家庭，不斷摸索著何謂happy。

乍看之下不相干的世界，看似沒有交集的兩個人，但兩者說的都是「大人眞辛苦哪！」然而，在另一方面也很可靠地告訴我們：就算辛苦又怎麼樣呢！

重點在於擁有自我，擁有自身的依靠（也可以說是驕傲）。只要有了這些，無論發生什麼都沒啥大不了。前者有拳擊，後者有歌曲，兩人都強烈傳達出，重要的是行動而非言語！別擔心，要是有閒情逸致擔心未來，不如趕快找出實踐自我的特質。只要掌握自我，實踐自我的特質，抓緊了不放手，人生絕對不會出賣我們。現實生活中或許會有接二連三的苦難，最終也能笑看一切。

現在想起來，那一年的夏天，在靜悄悄的悶熱教室裡，十五歲的我想聽到的，是「未來一定會很辛苦」這番預言的後續。——所以妳要努力去尋找能夠克服這些難關的辦法。即使像妳這樣什麼都不會的人，也一定能找到屬於自我的特質。而這番話，我是在大約二十年後才從這兩本書中體會。

究竟什麼是「發瘋」？

《薇若妮卡想不開》（*Veronika decide morrer*）（保羅・科爾賀〔Paulo Coelho〕著，角川書店〔中文版為時報出版〕）

《上屋頂的誘惑》（小池昌代著，岩波書店）

我對於想自殺或殺人都沒什麼興趣，因此像是《薇若妮卡想不開》這本書，照理說我會避開，但因爲有一點點好奇，還是讀了。

如同書名，主角薇若妮卡對於一成不變的日子感到絕望，企圖自殺。然而，這本小說要講的，並非自殺者保住一命後了解生命光輝，這麼簡單的故事。因爲，自殺未遂的薇若妮卡面對的命運，是被送進精神病院。

精神病院是個很奇妙的地方。裡頭有一半的患者其實都已經痊癒，卻不願回到外界。也有人純粹只是因爲無法跟周遭的人一樣。這裡跟紛紛擾擾的外界完全隔離，非常平靜。然而，因爲薇若妮卡提出的問題，掀起漣漪，也漸漸改變了這些人。「究竟什麼是『發瘋』？」

這短短一句話，即使對於過著一般日常的我們，也十分貼近。這個問題，比想死還是想活下去更加怪誕獵奇，更加鮮活寫實。

其實我們所有人從某個角度來說都是瘋了，在小說中敘述如此內容的章節中，讓我聯想到一本隨筆。但是《上屋頂的誘惑》這本隨筆其實非常平靜，跟發瘋或自殺都毫不相干。

作者的觀點很特別，在描寫日常之中卻經常關注在有點另類的地方。像是營業時間前的咖啡廳，深夜裡綻放的花朵，店家打烊之後，不起眼的店員的離別。有時候主動觀察跟受到關注的兩方立場互換，或是重合，緊跟著作者的視點，會覺得現實眞的好脆弱，好不牢靠啊。我們竟然存在於這麼脆弱的世界，這件事本身不就夠瘋了嗎？

究竟什麼是發瘋？薇若妮卡提出的疑問，我覺得這本隨筆輕描淡寫回答了。不僅如此，它也讓我們知道，藉由控制這種「一般的」瘋狂，順利靠近現實的趣味。

櫻花現在已經全謝光了，但每年四月花開時都讓我瞠目結舌。再也沒有任何一種花是如此平靜到令人感到不尋常的震撼。在盛開的櫻花樹下，仰望著花朵，會感到一陣微微暈眩，不知自己身在何處，心情載浮載沉。想必這也算是日常的瘋狂吧。或許因爲花朵喚醒了每個人內在的瘋狂，讓衆人害怕獨自面對，才會呼朋引伴在櫻花樹下開起宴會。

十幾歲時從沒感受到死亡誘惑，也沒察覺到自己要發瘋的我，直到現在才總算能藉助酒精的力量，在櫻花樹下抬頭凝望著花朵。

拆解之後全盤思考

《如同首次思考》（野矢茂樹著，ＰＨＰ）

《雲》（赫曼．赫塞〔Hermann Hesse〕著，朝日出版社）

電影只看法國片。從不搭電車，交通工具都靠汽車。過了二十歲之後還染金髮實在太俗氣。超討厭ＫＴＶ，絕對不去。有時候會看到，類似這種微不足道的小事，對當事人來說卻非常重要。其實我還滿喜歡這種把小事情當作自身眞理信奉的人。我覺得比起什麼都無所謂的人，跟這種人聊起來有趣一些，感覺似乎也值得信任。

舉個例子。朋友支持「男人一定要穿寬鬆內褲」，但他並不是只穿過寬鬆內褲，念中學時也嘗試過貼身內褲，非常清楚兩者的方便與不便之處，到了自己購買內褲的年紀後，決定選擇寬鬆內褲。因此，對於支持貼身內褲的一派，他倒也不否定。這種人比起一面倒支持貼身內褲的人，有深度多了。

這當然不是說嘗試過多種內衣褲的人，人生會變得更有內涵，而是思考模式的問題。面對一個狀況，先是接受，懷疑，然後拆解開來全盤思考，經過整理，再次接受。比起一股腦接受，來得更有深度。或說純粹更有意思。

在《如同首次思考》這本書中，就非常翔實有條理地分析了這個道理。從「何謂思考？」開始，其中也將一些看來很艱澀的主題，以簡單易懂的方式來說明。書中的插圖也畫得好美。

讓我大吃一驚的是「自我風格思考模式」的危險性。沒錯。前面提到那些自我微不足道的眞理，千萬不能成爲世界共同的眞理。要支持寬鬆內褲，就必須先認同貼身內褲。

而這本書提到我們一直以來學習、思考、發問、質疑、如何用字遣詞，與人

（或是其他言論、其他想法）接觸等等，讓我聯想到將赫塞描寫天空的詩、散文集結而成的這本書——《雲》。

這位作家單單以「天空」一個主題，使用了大量得驚人的詞彙與比喻，透過天空來看記憶、過去、愛情、悔恨及希望。

這位作家從單一的天空主題交織出的言詞多到令人震撼，但實際上我們也都有經驗。看著頭頂上的雲朵，開始尋找符合的形象，是動物？是朋友？是房子？或是一朵花？然後跟身邊的人討論起來。追逐著被一陣風吹得變了形狀的雲，繼續討論，毫不厭倦。相信每個人都做過這種事。

抬頭仰望天空能發現哲學，挑選內褲也能尋到眞理。

思考，就是這樣。這是我們能擁有的一種自由。

「差異」的趣味

《不過是隻小豬》（佐野洋子著，中公文庫）

《小國王十二月》（*Der kleine König Dezember*）（阿克塞爾．哈克〔Axel Hacke〕著，講談社〔中文版爲玉山社〕）

前陣子第一次見到朋友的兒子，長得帥氣又有親和力，令我心花怒放。差一點就想在我的男友候選人名單上多加一位。不過，只要我跟朋友一聊得起勁，他就哭了起來。跟我玩嘛，來玩遊戲啦。看著哭泣的他，我才猛然驚覺，在我們正常交談下讓我忘了，這孩子才五歲哪。

哭著要人陪玩的他，怎麼看都只是個孩子，讓我好生羨慕。我經常也想像他那樣大哭。迷路的時候，玩到還不想回家的時候，就想用力跺腳放聲大哭，我迷路了啦！人家還想再多玩一下！但我不能哭，因爲我已經三十四歲，我是個大人了。

大人跟孩子天差地遠。讀了《不過是隻小豬》之後，我思索著所謂「差異」。這本書裡都是談論動物的短篇文章，很奇妙，很不可思議，每篇都令人陷入沉思。

愛慕虛榮的青蛙、不想睡覺的松鼠、受傷的鱷魚、小心謹慎的熊爸爸。每隻動物的長相不同，過的生活也不同，想法更是天差地遠。正因爲這樣才有趣，再怎麼囂張自大的動物也教人沒轍，不可能眞的厭惡。

當我們了解到其他人事物與自己之間的差異時，或許才會眞心希望獲得對方的認同，然後在一起。

另一方面，《小國王十二月》這本書描述的則是另一個世界的居民遇到「我」這個大人的故事。

身材只有食指大小的小國王，不時會從屋子牆壁跟書櫃之間的縫隙冒出來，自言自語。在「我」的世界裡，人出生之後會逐漸長大，但在小國王來的地方，好像一出生時很大，隨著年齡增長，身材會愈變愈小。小國王想聽「我」的世界裡發生的事，炫耀家鄉的事之後，就一溜煙回去了。

有時候小國王會說出非常有內涵的話，但有時完全不是這麼一回事。小國王的話可以隨意解讀，總之，這位小國王非常有個人魅力。有點任性，具備太過豐富的想像力，而且像個小孩隨時很興奮激動。

我有點眞心希望小國王也來找我。小國王想必會爲了已經不敢大哭大鬧的我，哭鬧著大喊：「人家迷路了啦！」「就說了我還不想回家嘛！」當身處乏味無趣的環境時，小國王會以他特殊的素描，讓周遭變成超現實的冒險天地。

悲慘的並非存在差異，而是錯覺認爲彼此相同。還好沒有眞的愛上那個有親和力又帥氣的五歲小男孩。

將陰鬱拋到九霄雲外

《我的名字？登山家野口健的青春》（一志治夫著，講談社）
《aiueo chan》（文・森繪都／圖・荒井良二，理論社）

因爲有點狀況，讓我覺得很憂鬱。加上正値梅雨季，簡直雪上加霜。

至於爲什麼憂鬱呢？其實純粹是私事，講起來眞不好意思，我最近要搬家，我喜歡搬家，其實本來是很開心的。但問題就出在新的住處。前幾天我去看了目前空無一人的新家，裡頭竟然躲著一大群蟑螂。連我在一些亞洲地區的廉價旅社裡都沒看過這麼多蟑螂。麻煩Big四，Small七，就算我刻意模仿速食店裡點餐方式自我戲謔，那股震撼仍揮之不去。

之後每天我都陷入苦惱，悶悶不樂，想著該怎麼樣消滅蟑螂，自己究竟有沒有勝算。

當情緒盪到無窮盡的低潮時，你會怎麼辦？我呢？從三歲之後就用相同的老方法來逃避。讀書，這個方法雖然原始，卻具備強大的效果。

爲了想一掃陰鬱，我讀了描述登山家野口健前半生的《我的名字？……》。他現在定期參加喜馬拉雅山的淨山活動。自從我在電視上，看到他把前首相橋本龍太郎丟在喜馬拉雅山的垃圾帶回來還給首相，說「這是你忘了帶走的」，我就一直對這位登山家很有興趣。

從日本，到埃及、英國，他兒時搬遷的各個地點，也直接成爲內心裡拉鋸的戰場。讓我不禁思考，每個人內心所具備的強大能量，該如何不去扼殺、不去壓抑，該往哪個方向釋放，這些有多麼重要。

書中清晰描繪著一名男子帶著無處可去的能量，心中宛如要沉入海底的負面情緒不斷重複，在未知的深淵中，只有一個人，雙腿盡情往前踢，然後有個人或是一本書，拉著他的手，緩緩地，一點一點，浮上水面。我哭了。

哭完之後，心裡還留有一絲鬱悶，爲了完全掃乾淨，繼續逃避的我找到了《aiueo chan》。

這是將五十音平假名以獨特插圖呈現的線裝卡片繪本。跟插圖搭配的加成效果下，令人莫名止不住笑。

從「海獺　對手　小海獺」這類天馬行空的文字，到「草叢　草笛　草櫻」這類中規中矩（？）的，應有盡有。讓人覺得日文還眞可愛呢。

而且，這還很有後座力。不知不覺我打電話給朋友時，也說起了「蟑螂眞的很恐怖耶。蟑螂，有五隻，就有五百隻。」我也能成爲傑出的aiueo高手。

又哭，又笑，我終於結束了逃避，重返現實。問題至今尙未解決，依舊還在。不過，在逃避過程中我見識到僅屬於一己的光景，確實存在於我的內心，即使很微弱卻是堅定不搖的力量，推動著渺小的我。

跟祖母共度的夏天

《屋頂上的小孩》（奧黛莉・克倫畢斯〔Audrey Couloumbis〕著，代田亞香子譯，白水社〔中文版爲三之三出版社〕）

《老師的提包》（川上弘美著，平凡社〔中文版爲麥田出版社〕）

每到夏天，我就會想起十四歲那年的暑假。每天就只有往返外婆家，是這輩子最無趣的夏天吧。

外婆因爲身體狀況變差，沒辦法出門，我就每天去幫忙。早上轉了幾班公車到外婆家，傍晚等到跟外婆一起住的阿姨下班回來，我才回家。

不過，實在找不到什麼事好做。外婆很少要我出門買東西，家裡更是不可能有客人來訪。於是，十四歲的我跟七十多歲的外婆，一整天就坐在和室裡看電視。從早上的談話性節目、午間新聞、時代劇，到傍晚的新聞。

多乏味的夏天哪。十四歲的我心想。沒有海邊戲水，沒有談戀愛，連煙火大會、折扣血拼也沒有。每天的生活只有外婆跟水戶黃門。太無趣了。夏天一眨眼就過完了耶！

話雖如此，二十年後的今天，一說到夏天的回憶，我想起的一定就是外婆那個安靜的家。

讀著《屋頂上的小孩》這本小說，我心想，或許那個夏天讓我體會到一些很珍貴的經驗。

離開母親身邊，寄居阿姨家的「我」和小妹，在某天清晨突然爬上屋頂，之後就下不來了。也不是想要主張什麼，但「我」就是無法不爬上屋頂。

本書中有很多精彩的出場人物，但我覺得姊妹的姨丈特別迷人。姨丈對於上到屋頂之後不下來的姊妹，說的每一句話都觸動我的心。姨丈說，在用語言打造這個世界之前，一定有些我們不得不先了解的寶貴道理。

寶貴的道理——姨丈所說的，跟《老師的提包》這本小說的內容不謀而合。

二十年前是個高中生的月子，跟當時任教的國文老師，在小酒館不期而遇，一起喝了幾杯。

兩人之間的關係很難界定。看似絕對不是戀情，但其中的脆弱與曖昧，除了戀情不知該如何稱呼，大概是這種感覺。唉，不過無論是不是戀愛都無所謂啦，重點是，總之認爲一個人和另一個人喝酒比較好的這兩人，決定一起度過。讀完之後，覺得自己也想跟月子共度那種非常傷感，回想起來卻又能會心一笑的寧靜時光。

那個超無聊的暑假之後沒幾年，外婆就過世了。唯有我們倆共度四十天的那年夏季，深深烙印在我的記憶中。夏天很短暫，但能和其他人共處的時間也同樣一眨眼就過。因此，無論是談不談戀愛，恨了誰又原諒了誰，做什麼或不做什麼，總之都得認眞好好去面對。每年夏天，那個十四歲的我就會一副高高在上的態度來提醒我這件事。

坦然接受的旅程

《前往異鄉》（文・攝影：西江雅之，清流出版）

《葛登・史密斯的日本怪談集》（理查・葛登・史密斯〔Richard Gordon Smith〕著，荒俣宏編譯，角川書店）

今年夏天哪裡都去不了。我只好每天當作自己在旅行，在生活中隨時尋找新鮮事物。

嘗試之下，眞的有各式各樣的新發現。從我的住處能看到一間舞蹈教室，學國標舞的人還眞不少。在家附近散步，看到有間「夏威夷咖啡」。究竟哪裡夏威夷呢？總之，店裡播放的是夏威夷音樂。不過，實際上就只是間播放夏威夷音樂的日式茶坊。

此外，我對自己也有新發現。在浴室裡轉過頭照著鏡子，發現自己的屁股上有顆眼珠子大小的胎記，當場嚇了一跳。但根據我訪查的結果，才釐清原來這個胎記從以前就有了。三十四年來片刻不離的這副軀體上，竟然還有我不知道的事情！哎呀呀，沒想到探險如此簡單。

若有人不打算探險而坐等夏天結束，或是家附近沒有夏威夷咖啡廳，浴室裡也沒有鏡子的人，那麼，我推薦《前往異鄉》這本隨筆集。

深諳多種語言，甚至搞不好連動物語也會講的人類學家西江老師，認爲這整片土地都是異鄉。他說，整個地球都是迎接他的落腳地。在寄宿各地的同時，偶爾到過去，或是走進語言裡，展開無窮無盡的旅程。

非洲、摩洛哥、模里西斯，無論到哪裡作者都坦然接受。包括地點、人們，其中的扭曲與莫名，殘酷與溫柔。大概就因爲這樣，這本書讀來跟市面上充斥的遊記有著如此不同，感覺雲淡風輕。但在雲淡風輕中，散落在地球各個陌生角落的空氣、熱度、氣味等一切，又是如此濃烈，感覺自己成了飄散在全世界的一絲蒲公英棉絮。

另一方面，百年前的英國富豪集結留下的日本怪談也非常有趣。《葛登・史密斯的日本怪談集》裡收錄的十六篇，有的很有意思，也有普普通通的，但即使我不是百年前的英國人，也能深深感受到日本這個國家的人，眞是打從心底熱愛鬼怪呀。

我經常在其他國家聽到當地的怪談，但總覺得日本的最恐怖。讀完這本書之後，我大概能了解箇中緣由。

最可怕的不是狐仙、不是魔鬼，而是人類。而這個國家的人對於彼此之間的情感，包括愛情、友情、親情，甚至只是擦身而過的萍水相逢，眞的都非常珍惜。這些情分永遠都在，不可能不可怕呀。一邊心想，一邊了解到一百年前重感情的民族性，眞是意外的新發現。

從自己的身體出發，往住家附近，往世界，往過去。雖然沒有暑假，卻以出遠門的心情對夏天招手。

在謎團中了解謎團

《人質卡農》（宮部美幸著，文春文庫）
《騙子阿妮亞的鮮紅真相》（米原萬里著，角川書店）

各位現在想知道的事情有多少？無論是跟另一半的契合度，或是蜘蛛的生態史，還是尚未破解的懸案都好。

我雖然是個驕傲的大人，卻有好多好多想知道的事。爲什麼牛肉蓋飯一碗賣兩百八十圓不會虧本？宗教與和平爲什麼不是同義詞？我爲什麼會在這個時代、這個地點，以「我」的姿態存在？這些問題無論嚴肅或無聊，在我心目中都是占有同等分量的謎。

《人質卡農》的七個故事中也有七個謎團。

一名為了遭霸凌兒童挺身而出卻遇上意外的少年，發現祖父年輕時不可思議的遺書。教人想像不到的筆記本持有人，本子上除了一個名字其餘全是空白。將小嬰兒的波浪鼓藏在口袋裡的超商搶匪。簡短的故事裡，有各式各樣的生活，還有貼近生活的謎團。有的重大，有的微不足道。有的可以解決，有些無解。

能讓讀者對於感覺近在身邊的故事受到深深吸引，這的確不簡單，但更厲害的是每個故事都充滿了張力，尤其會讓希望留在人心。在謎團之中，為了解謎，度過每一天，活下去。「謎」換成是「人」也說得通，或者也可說是「生活」。

《騙子阿妮亞的鮮紅真相》則是一本令人感嘆事實比小說更離奇的紀實作品。一九六〇年，布拉格的蘇維埃學校之中，有來自超過五十個國家的孩子，其中小學生瑪莉，長大成人後踏上旅程，目的是要見到當年的同學。像是教她怎麼挑男生，很早熟的希臘人莉薩；是個大騙子，卻永遠人見人愛的羅馬尼亞人阿妮亞，以及才貌雙全，隨時保持冷靜的南斯拉夫人雅明卡。

在充斥著內戰、敗壞、政局不穩定的東歐地區，瑪莉尋找衆人的過程，以及這些人在離開布拉格的小學「之後」的成長，簡直就像一部高水準的懸疑片，從頭到尾都讓讀者感到緊張刺激。而這裡也有解開的問題與無解的謎。

無論我們接不接受，總會受到出生的地點、時代，以及當地的思想所影響。哪怕是歌頌社會主義的阿妮亞，或是爲了保護受虐兒而飽受社會不公平對待的少年，都無法從身處的地點、時代，一走了之。

那麼，我們生活的場所與時代，這個眼前的世界，有什麼值得我們希望去了解的嗎？四散各處的謎團，是否值得去解開呢？在回答「否」之前，我希望自己仍把這一切當作一個謎，希望自己保持想探索的心。

因此，爲了加深謎團，我要去吃碗廉價的牛肉蓋飯。

希望一人一天有一個

《小島的微笑》（長野陽一著，情報中心出版局）

《洗手蟲故事的後續》（吉田篤弘著，新潮社）

本來應該是一天一人有一個才對。我說的不是衛生紙特價一人限購一包，而是每個人需要認眞做的事情。要去郵局，就去；要看電影，就去看；要煮關東煮，就煮。一天做一件重要的事，然後就結束。照理說該是這樣，但非做不可的事情沒完沒了。

仔細想想，其實學校就是訓練所。一天從早到晚已經有六堂課，還要加上社團活動、班會，負荷眞是超載。像我這種沒獲得訓練成果的大人，每天都過得手忙腳亂。得來忙A，不對！要先做B，然後C、D，接下來才是A，陷入慌亂之下睡得不好，又讓狀況進一步惡化。

在《小島的微笑》這本攝影集裡，有很多一天只做一件事情的年輕人，讓我有些驚訝。身爲攝影家的作者走遍日本這個島，擷取了中學生、高中生的表情，還有他們的生活光景，都在這本書中。

照片裡的他們，說不定在下一秒鐘氣憤、懊惱，面對一大堆待辦事項陷入恐慌。但是，被擷取出來的「此刻」之中，他們一天就只做在當下的那一件事情。面對在當下的那件事情，樂在其中，全心全意，仔細做好。搭配上帶點青澀與幽默的絕佳文字，相得益彰，描繪每個當下眨眼即過的淡淡傷感。

像這樣「每天做一件事」的年輕男女，成長之後的模樣，我擅自想像爲是短篇集《洗手盅故事的後續》裡的大人。

出現在十幾個小故事理的人物，每個人乍看之下毫無關連，卻有著莫名其妙的共同點，或許是某個遠在世界盡頭的餐廳的顧客，或許都擁有披頭四「White

Album」這張唱片，也可能所有人都是想寫小說的主角腦中來來去去的虛擬人物。要怎麼解讀都可以，用什麼方式都能遇到的這些人，每一個都以自我意識跳脫世界的運轉，一派輕鬆，做自己喜歡的事。沒錯，果然就在那裡。

就只是在那裡，其實這或許不容易。不慌，不忙，不窮緊張，不比較，不否定。懷著慈悲肯定「當下」這一剎那，先拋開過去與未來，就停駐在那裡。無論是攝影集的一頁，或是短篇集的一個篇章，有機會都希望能參與其中的我，總之今天決定全面擺爛，去喝杯茶，然後找找理論上我應該也有的那張「White Album」。

思念著對方挑選書籍時的幸福

《愛的答案》（*Rispondimi*）（蘇珊娜・塔瑪洛〔Susanna Tamaro〕著，泉典子譯，草思社〔中文版為時報出版〕）

《兒時的天空》（文・工藤直子／圖・松本大洋，理論社）

《伊藤不開心製作所》（伊藤比呂美著，每日新聞社）

到信奉基督教的國家旅遊時，往往從十一月中開始，整個城市就籠罩在迎接耶誕節的氣氛中。每個週末，無論走到哪裡，人潮都多得驚人，大家都在買禮物。而且還不是買一、兩件，簡直是大血拼。每個人走在路上都是笑咪咪。就算不小心與其他人在路上碰撞，或是大排長龍，人人始終掛著笑容。似乎為別人挑選禮物時，會讓人感覺到無比幸福。

我們也要迎接挑禮物的季節了。

在衆多禮物之中，我認爲送書其實是一種很粗暴的行爲。因爲閱讀是很私人的體驗，自己覺得這是一本很精彩的書，才會送人，但對方讀了之後有什麼感想，卻是無法預料的絕對謎團。我覺得不如送個布偶還比較容易。

然而，正因爲如此，當確定能讓對方接受時，書這個禮物會令人在心中留下無比深刻的印象。以我自己來說，收過印象深刻的禮物之中，前五名有四個是書。無論是送的人、我獲贈的年紀、讀後感想，我全都記得，而那些書當然至今也收在書櫃裡。全部都是我的寶貝。

因此，我也想大方推薦大家來送書。

《愛的答案》很適合送給雖面對耶誕節卻沒什麼好開心，或是開心不起來的人，要不然也推薦送給自己。其中收錄的三篇小說，內容都非常沉重。主角分別是從來沒人愛的孩子、遭到先生傷害的妻子，以及無法信任妻子的先生。在他們極爲糟糕的人生中，偶爾會突然想起：「愛，究竟是什麼？」而每篇小說最後的一段話都讓人銘記於心，難以忘懷。

《兒時的天空》這本詩集，使用平假名寫的詩，搭配簡單線條的插圖，讓人想起童年時的一瞬間，感覺好貼近。那時比起現在，根本自信滿滿，一天漫長到像是沒有盡頭，不過卻似乎每一分鐘都讓人珍惜到想哭。這樣的經驗很適合跟此刻身邊的另一半或友人分享這本書。

最後是《伊藤不開心製作所》。如果有成天把「好煩」、「好懶」、「氣死啦」當成口頭禪掛在嘴邊的人，強力推薦。此外，我也想把這本書送給最感到煩悶的父母親。本書內容是詩人媽媽與正陷入不開心青春期的孩子之間奮鬥的隨筆，但即使連過了青春期很久的我，讀起來也感慨萬千，一下子笑，一下子哭，平常覺得有點蠢的臺詞也忍不住想高喊出來，像是「活著眞好！」

或許有人覺得，這三本書跟耶誕節繽紛的氣氛相距甚遠，但是，不不不，我發現不是這樣的！耶誕節之所以令人感到繽紛華麗，不在於那些活動，而是人們迎接佳節到來的心情。光想到挑禮物就眉開眼笑，這是我們無須花費任何代價的小小幸福。

祝大家耶誕節快樂！

如何獲得「希望」

《我叫喬治亞》（貞娜．溫特〔Jeanette Winter〕著，長田弘譯，美鈴書房）
《白蛇島》（三浦紫苑著，角川書店）

新年快樂。無論是讀，或是寫，都覺得這真是一句好話。不管什麼事情，到此都變得煥然一新，而且接下來感覺凡事都很順利，只會發生好事。至於這股「感覺」的有效期限差不多到一月底，因此新年的抱負可以先訂得極盡誇張及遠大。

把這個誇張、遠大的抱負一鼓作氣寫在紙上，貼在房間裡。在「感覺好事發生」的期限內，每天望著。

一月中旬，趁著朋友來家裡玩，要對方也寫下抱負，貼在我寫的那張紙旁邊。

這麼一來士氣倍增！

不過，當我讀了描述女性作家喬治亞．歐姬芙生平的繪本《我叫喬治亞》之後，我認爲無論有多大的希望都比不上她。

歐姬芙覺得美好的事物，全都想要占爲己有。花朵、夕陽、動物的骨骸、沙漠、天空，她用自己的雙手描繪下來，將這些一一化爲專屬於自己的寶貝。這樣的行爲眞是太奢華！不僅如此，她甚至還跟神明約好：「要是我畫了那座山，就把那座山送我。」就這樣，那座山就成了她的。

如果讀了這本書覺得有興趣，不妨趁這股感覺還在時到圖書館，翻翻她的畫冊。細細品味她占爲己有的事物，相信一定也能讓這些成爲自己的寶貝。

另一本要介紹的是截然不同，帶有懸疑風格的小說《白蛇島》。

故事的舞臺是個小島，島上相傳很久很久以前，有個將小島鬧得天翻地覆的鬼怪，後來被神社供奉的白蛇大神制伏，並鎮壓在小島的荒地。故事的開端就是在本土念高中的悟史，在夏季爲了參加十三年一次的小島大祭典而回到小島上。

這座島有獨特的風俗習慣跟規則，是個很奇妙的地方。在神職交接的這個大祭典當天，傳說中遭到鎮壓的禁忌被打破，讓整座小島陷入存亡危機。悟史和他的兒時玩伴、而且過去有著親密情感的光市，一起面對至今仍活生生的傳說。

一邊讀著，根本忘了現在是呼出白色霧氣的隆冬，宛如置身於燠熱的夏日暑氣，不時還感覺吹過後頸的陣陣涼風，遠處彷彿還能聽見祭典時的熱鬧樂聲。是本充滿吸引力的小說。尤其作者將與傳說共存的「小島」描寫得十分生動，讀完之後甚至誤以為自己在這座島上駐足了幾個晚上。這股錯覺跟歐姬芙的奢華不謀而合。

最後，回味悟史於這段夏日插曲中學到的經驗，同時也覺得那段「感覺一切順利」的期限似乎往後延長了一些。

克服「心痛」

《225號公路》（藤野千夜著，理論社〔中文版爲尖端出版〕）
《十三歲新娘》（*Homeless Bird*）（葛羅莉亞・魏蘭〔Gloria Whelan〕著，代田亞香子譯，白水社〔中文版爲台灣東方出版社〕）

講個很痛的經驗。有一次我要做道炒飯，切蔥花時不小心手一滑，小指指尖應聲被削下一小片。雖然是差不多豆子大小的傷口，但血流如注，我嚇得發抖，一邊衝到附近的外科診所。醫師看了只說一句，這不縫不行唷！立刻就在我指甲跟指尖之間打了麻醉藥，完全不管痛到魂飛魄散的我，逕自縫起我的指尖。這是我這輩子最痛的經驗。

此後每當我遇到難過得不得了的狀況，就會想起小指切傷的那次經驗。想想這次的傷痛比起那次是小兒科，還是更強烈。同時也心想，心痛如果也能像這樣化爲具體的感受就好了。

《225號公路》這本小說，內容是名叫繪理子的中學生，有一天突如其來跟弟弟莫名其妙進入了跟現實酷似的另一個世界。雖然因爲繪理子的敘述很好笑，不會給人悲愴的印象，但其實是個很悲傷的故事。在繪理子誤入的世界裡，家跟學校都一如往常，只是沒有爸爸跟媽媽。

即使姊弟捲入這般莫名的狀況，每天仍和昨天一樣繼續，而他們倆不斷嘗試，試圖回到原本的世界。一再失敗，令人錯愕，卻怎麼拚命也回不去。然而，正因爲回不去了，才讓這部小說更貼近我們的現實。生活中經常因爲畢業、搬家、失戀、吵架等狀況，讓我們突如其來失去了某些東西、某個人，跟繪理子實在太像，即使如此仍要留在原地。無論是在無法回到原本的世界之下，依舊一天過一天的繪理子，或者這本風格稍微另類的小說，都讓我深深感到自己被救贖了。

講到突如其來的失去，以印度爲舞臺的小說《十三歲新娘》的主角蔻莉，更是接二連三經歷這樣的遭遇。十三歲時因爲貧窮而出嫁，但是丈夫沒多久就過世，跟她感情融洽的小姑嫁人後離開，連對她很好的公公也過世了。蔻莉只能仰賴壞心地的婆婆，沒想到有一天，婆婆卻將她遺棄在一個陌生的地方。

這故事講起來也十分悽慘，但整部小說裡卻沒有一絲灰暗，眞的很驚人。甚至令人不禁思索，故事中充滿的耀眼光芒究竟是怎麼一回事？結論就是蔻莉樂觀高潔的個性。她高貴的人格，強而有力地告訴我們，在不斷喪失事物、喪失愛人之下，仍然可以什麼都不失去。

講到我的小指指尖，拆線後過了一陣子，不知不覺完全恢復。現在我一樣沒在怕，依舊哼著歌切蔥花，剁蒜頭，切碎荷蘭芹。於是，我天眞相信，那些悲傷的痛，總有一天一定也會像這樣消失無蹤。

再次發現日本的強烈個性

《上帝憎恨日本》（*God Hates Japan*）（道格拉斯・柯普蘭〔Douglas Coupland〕著，江口研一譯，角川書店）

《大眾澡堂的女神》（星野博美著，文藝春秋社）

到某個國家旅行一段時間，會覺得這個國家這裡很奇怪，或是這裡很棒。之後回到日本時，才剛稍微熟悉異國的我，自然而然會重新發現日本的哪裡很棒，哪裡又很落伍。我認爲其實這就跟人的個性一樣，是一個國家具備的特質。

仔細想想，日本這個國家表面上看來溫和，其實卻有非常強烈的個性。我要介紹的兩本書，都忠實地描寫出這樣的性格。

加拿大作家的小說《上帝憎恨日本》，裡頭的主角是個住在埼玉的高中生阿廣。這個人看起來一副懶洋洋，其實不然，只不過他把鬥志用在奇怪的地方。高中畢業後，阿廣因爲追求喜歡的女孩，到了有衆多日本留學生的德國漢堡，卻在當地遇見沉迷於新興宗教的昔日同窗。

在短短一段文字中充滿了嘲諷、挖苦、頓悟及歡笑，作者這種獨特的生花妙筆，爲經常天外飛來一筆發展的故事，增添了奇妙的寫實感。阿廣的日子乍看之下無所事事，實際上卻是不折不扣的波濤洶湧，而看不到目標的生活，有時候跟這個國家的個性有所重疊。當然，如果這個國家像阿廣一樣反應靈敏又善言詞，應該至少能看得到目標吧。

《大衆澡堂的女神》，是旅居香港兩年的作者，在回到東京之後，以強悍且有力的言論撰寫的短篇集。百圓商店、家庭餐廳、星巴克、超低價商店……這些我們熟悉的地方，對照作者的考察心得，讓我們時而驚覺，時而懷抱疑問，時而感到羞愧，或是感同身受。

然而，在閱讀的過程中有幾次竟感到害怕。作者重複好幾次的關鍵字「遲鈍」，這兩個字會不會代表未來日本的性格呢？一想到這裡，我不寒而慄。

這兩本書從完全不同的角度來描寫日本，但有趣的是，小說的結局跟短篇集最後的文字，竟然非常相似。曾旅居日本的加拿大作家，跟自香港歸國的日本作家，面對日本這個強烈的性格，以及面對必須跟這種性格共生共存的我們，提出了類似的言論，這讓我感受到一股危機、重大性，以及雖然微小卻堅定的希望。

結束長期的旅程，回到日本時，如果只是想到「啊！有便利商店的地方眞好！」或是「到處都有啤酒自動販賣機好棒！」，這樣的日子眞可怕。但若對這一切不知感恩，這個國家多數人連在這方面也拋棄了個性，那就更可怕了。

保留每日生活的「日記」

《寫日記》（荒川洋治著，岩波Active新書）

《您好，我是做這行的》（craft ebbing & co.著，平凡社）

大家知道自己三年前的今天做了什麼事嗎？我知道。那天，我把留了好久的頭髮剪短，晚上發明了「茄汁起司烤沙丁魚」這道菜，跟Ａ一起吃。我很得意能像這樣，輕輕鬆鬆娓娓道來三年前的今天做了什麼事。很想自誇因爲我有過人的記憶力，但眞相是倚賴了家計帳本。

記憶力出奇地差，一直是我的煩惱。昨天跟誰碰面，講了什麼，我一下子就忘得一乾二淨。有一天，我突然深刻體認到，再這樣下去我就完蛋了。因爲我認爲，人有很大部分都是由記憶來支撐。

於是，我開始記錄家計帳本。一日將盡之際，我會簡單記錄當天跟誰碰面，吃了什麼。如果情緒激動，想要記錄得更詳細，就會捨家計帳本而寫日記。有了雙重紀錄，我現在有信心能將三年前的我與此刻的我連結起來。

《寫日記》這本書介紹形形色色的人以各自不同的型態書寫的日記，以及日記的效用，十分有趣。詩人描寫的孤獨單戀日記，一群作家赤裸裸的日記，日記之中的朋友排行榜，還有本書作者一天的日記。看過活在年代久遠的作家所寫的一行日記，頓時有種錯覺，認爲自己好像跟這位作家很熟，是老交情了。想想其實每個人都一樣，一天之中就是吃飯，覺得開心、生氣或是不安，想念著某個人，然後睡覺。微不足道的一天，卻因爲記錄下來變得無限寬廣，進而延續，再也不會消失。

另一方面，《您好，我是做這行的》則是一本別有風格的書，如果世界上眞有書中的人物，好比時間管理人，那麼也不需要寫日記了吧。

在這本書中出現好多罕見行業的人。像是販賣月光的月光走私客，專門幫人拔開超緊橡木栓的橡木栓急救員，以及在左右為難時為你做決定的選擇士……等等。

我是真的差點要搬出電話簿來聯絡某個行業的人。不過，各位請留意，本書中提到的行業，目前並不存在。啊，說不定在世界的某個角落存在，也或許在未來，會是你讓某個行業存在。

這些行業全都是珍惜反覆的每一天之中那些微小的可愛之處，但藉由寫日記，我自己就能勝任其中大部分的工作內容。像是管理寶貴時間的時間管理人，以及警鐘人，還有閃光燈具交換工等，在身兼多個職務的同時，我能夠讓這樣微不足道的一天，永遠不消失。

填補知識的空白

《餐桌的力量》（山本富美子著，晶文社）

《遊行》（文．川上弘美／圖．吉富貴子，平凡社）

很多理所當然該懂的事情我都不懂。想舉個例子說明，但實在丟臉到我舉不出來。

我在報上讀到，現在學校每星期只上五天課，恐怕會導致孩子的學習程度降低。就是這樣！我神氣十足喃喃自語。我打從幼稚園到高中都是在一週五天的教育制度下成長。進了大學發現星期六竟然得上學，大爲震驚！

換句話說，我短缺的知識相當於十四年分的星期六。理所當然的知識，究竟是對誰而言呢？當我志得意滿端出這個藉口時，讀到了這本書。《餐桌的力量》。書名雖然很平凡，但我希望還在念書的年輕人都能看看，是一本很棒的書。

作者就讀的學校非常另類，不僅要念書還得工作。作者輕描淡寫出在這個學校裡學到最重要的事——是學校該傳授的寶貴知識。不僅如此，我們常看到、聽到，要「過富足的生活」，卻不懂得究竟什麼叫富足，本書也以極其簡單卻切中要點的方式來敘述。

簡單的料理，搭配可愛的插圖來介紹，每一道料理都是在感覺精神不振時，光在烹飪的過程中似乎就能獲得滿滿活力。

書中有一篇講到將少年犯罪與生日簡單粗略連結的文章，讓我很有共鳴，感到激賞，卻同時也反省了一下。我真的不該把自己缺乏知識的原因，歸咎於過去十四年來的每個星期六。在我面前的星期六都是全新的一天，日復一日。現在是，接下來也是，一直都是。

另一本《遊行》，則是之前介紹過同一位作者的小說《老師的提包》的番外篇。裡頭的月子及老師又出現了。

內容敘述夏日時間過得緩慢的漫長一天。在老師的央求下，月子說了她童年時的往事。

月子始終就是月子，經歷過一段奇妙的童年時期。老師也一如往常，不著邊際地回應。

即使沒讀過《老師的提包》，純粹看幾個奇怪的小學生，發展出令人不可思議的故事，也能樂在其中。雖然有趣，卻也令人不免感到寂寥的故事。

除了我此刻身處且親眼目睹的地方，還有其他場所。就算沒有我，每個地方仍正常運轉，一天過一天。想到這裡，不禁有些落寞，心情上卻也感到挺輕鬆。讀完這個故事差不多就是這樣的感覺。在不捨中鬆了一口氣。我覺得這樣很好。

接受每一天，成為「我」

《石之心》（*Een hart van steen*）（蕾娜蒂．德雷斯坦〔Renate Dorrestein〕著，新潮Crest Books）

《茱儂與茱麗葉》（*Juno & Juliet*）（朱力安．高夫〔Julian Gough〕著，河出書房新社）

到美術館去看想看的畫，結果現場有好多小孩，嚇了我一跳。說是小孩，也不是小學生，竟是還不會講話的一、兩歲小寶寶。當然，都是媽媽帶著來的。不過，並不是因爲媽媽想看畫才帶著孩子來，很明顯全都是要讓孩子來賞畫。寶寶你看，知道爲什麼畫裡的女生眼睛要半睜半閉的呢？媽媽竟然會問走起路還搖搖晃晃的小孩。太厲害了！這就是英才教育！雖說世界之大無奇不有，但讓嬰兒賞畫，這還是我頭一次見到。小寶寶將來會成爲藝術家嗎？這個國家在不久的未來會成爲藝術大國嗎？

來介紹兩本小說。《石之心》是荷蘭作家的小說，主角亞蓮因爲父母策劃了一家大小自殺，使得她失去所有家人。只有自幼就送給別人的小弟，還有當時十二歲的她存活下來。爲什麼會發生這種事？爲什麼自己得活下去？在抱著種種揮之不去的疑問下，亞蓮成了一個無法與他人順利相處、協調的偏激大人。

然而，與案情的衝擊性截然不同的是，從亞蓮記憶深處逐漸浮現的家人印象，是非常美好，甚至是帶點詭異的優雅。本書以懸疑的筆觸，描寫隨處可見的安穩家庭背後逐漸擴大的陰影，令人忍不住一口氣讀完平靜的結局。

敘述從文化蠻荒之地的鄉下城鎮到都市大學念書的一對雙胞胎，一年之內生活百態的《茱儂與茱麗葉》，是愛爾蘭作家的青春小說。主角茱麗葉時時看著與自己一模一樣卻絕對不是自己的長相，度過一波三折的十八歲青春。她不斷捕捉、衡量、學習著面對世界、自我認同、文學、戲劇、戀愛、友情、絕望與希望，這些接二連三，令人炫目，而很可能只有在這個年紀才能體會的經驗與特殊情感。

亞蓮與茱麗葉的共同點就是都經歷過特殊的事件。當然，事件的輕重程度與兩個人接受的方式完全不同，但同樣的是，唯有經歷了這件事，她們才會成爲後來的樣貌。我並不是一出生就是我，而是經歷過、接納了特殊或平凡的一天天，慢慢地變成了「我」自己。這其中的方法沒有人能指導，只能靠自己摸索學習。

畫筆的背後藏有什麼？是恐懼，是絕望，是憤怒，是哀愁，是疑問，還有殘存的些微希望。眞期待這些賞畫的小寶寶能早日以自己的雙眼來看出這一切。我也希望，到時候他們能發揮出英才教育的成果。

為與眾不同的人生哲學加分

《打從出娘胎時就是「妖怪」》（水木茂著，講談社）

《隨筆集選（1）人》（田中小實昌著，大庭萱朗編，筑摩文庫）

有一種人，就社會大衆的眼光看來，屬於稍微另類，這種人我很喜歡。跟一般人不太一樣的另類人士，就算完成再了不起的豐功偉業，頭腦再怎麼聰明，知名度有多高，都不會擺出一副不可一世的神氣樣。這並非他們的人格特別高尚，我猜一定他們對普通常識內的事情沒什麼興趣吧。而不可一世、囂張的態度，只會出現在一般常識中最狹隘的範圍裡，另類人士壓根沒有這種想法吧。

來介紹兩位我認爲非常另類的大叔。

第一位是隨筆集《打從出娘胎時就是「妖怪」》的作者。講到水木茂，不用說也知道他的創作——《鬼太郎》、《河童三平》等，但讀了本書後會深深了解到，原來大叔從小就是個與衆不同的怪孩子。與衆不同的意思，是說他活在一般常識之外。從跟棲息在草木上的昆蟲及肉眼看不見的東西快樂相處的童年時期，到熱衷於研究妖怪的八十歲此刻[1]，始終如一。

一旦呼吸到一般常識外的空氣，就會覺得常識之內的很多事情都沒有意義。像是學校的規定、社會上的權力關係，或是認爲只相信肉眼所見的價値觀等等。然而，作者不會說常識內的想法愚蠢，也沒有呼籲大家要活得更自由。事實上，他根本不會強迫要其他人相信，他的想法才是對的。正因爲如此，作者簡單的一句話，「做喜歡的事情竟是如此快樂。要相信這股力量」才有讓人信服的分量。

另一位要介紹的進階另類人士，是《隨筆集選（１）人》的作者田中小實昌。這位已經過世的作者，在他著作的大量隨筆文章中，挑選出與「人」相關的集結成本書。寫有關自己、家人、女性、朋友的隨筆集，但此人眞的與衆不同，而且相當素行不良，要格外留意。

「又懶又意志薄弱。」這是當事人對自己的評語，但讀完本書之後就能理解，這完全不是謙遜之詞，但這位作者是百分之百的哲學家性格。況且，他不會用一大堆艱澀難懂的說法來展現自己的聰明頭腦，他要說的內容連我都能懂，有時候還會爲話語中的深意感到心動。

這兩位大叔的共同之處，就是「只做喜歡的事」。這麼做不一定總是帥氣，有時可能得不到認同，或是比其他人更辛苦，經常也無法獲得理解。想要活得自由，其實並不簡單。然而，自由又成熟的大人還是令人嚮往。有機會的話，請結識這些人。要怎麼認識？很簡單，只要打開書本就行了。

1 水木茂於二〇一五年逝世，享年九十三歲。

在將盡的夏日，踏上倒轉時間的旅程

《江戶妖怪草子》（海野弘著，河出書房新社）

《發火點》（眞保裕一著，講談社）

我喜歡節慶活動。想跟大家在同一個時間做相同的事。夏天有接二連三不斷的節慶活動，我也很努力跟上眾人的腳步。在土用丑之日吃鰻魚，穿上浴衣前往煙火大會，到附近的海水浴場玩水，混入跳盆舞的行列，中元節也不忘掃墓。

一旦參加了節慶活動，就跟年代不知道多久遠的過去連結在一起了。比方說，土用之丑日。在很久很久以前，某個人提出「每年在這一天吃鰻魚，整個夏天都能活力十足！」於是，在還沒有電視、高樓大廈、水泥路面甚至電車出現的遙遠時代的某個人，跟現代的我，就因爲於丑之日當天吃鰻魚這個共同點，有了交集，聽起來是不是有股大時代的浪漫情懷呢？

《江戶妖怪草子》，整本書讓人充分品嘗到這類浪漫情懷。將大約三百年前江戶的流行、風俗、文化、地圖、景致等附上簡短的解說，以極短篇的形式描繪出江戶時期人們的生活百態。有根據事實的內容，也有虛構的，但所有故事都感覺莫名貼近你我。

像是前往據說會出現剝皮鬼的旅館住宿的男子，還有兒時就被稱爲天才卻始終無法實現夢想的女性書法家，以及陰陽師遭遇到的各種雖然陰險卻讓人狠不下心怨恨的種種算計。這些感覺很親近熟悉的趣味，究竟是怎麼回事？仔細想想，我知道了！這不就跟朋友常聊的小道消息差不多嗎？在閱讀之際，我覺得自己彷彿跳躍時空到了江戶時代，徘徊著想找尋小道消息。

回到平成世界的我，現實中忙得要命，幾乎沒能參加任何節慶活動，眼看著夏天就要結束，連暑假也沒放到。既然這樣，只好使出我的最後一招，來一場書的神遊！找到了一本人在家中坐也能感受到旅行滋味的厚厚小說——《發火點》。

主角杉本敦也在十二歲那年的夏天，因爲一場不知原因的兇殺案失去了父親。這件事對他的影響比想像中更令他喘不過氣，感到憤怒。因而他在成長的過程中孤獨、委屈，無法正面面對各種事物。他二十一歲時，殺害他父親的兇手服刑期滿出獄。與這起案件相關的主角自此展開旅程。這是一場了解案情眞相的過程，同時也是讓時光倒流，回到時間靜止的十二歲夏天的心靈之旅。

個性自虐且自卑，只有逃避時動作最快的年輕人，在解開糾纏著過去的線團過程中，逐漸成熟，這段情節也耐人尋味。讓人深思，無論因爲外界多不合理、多蠻橫的環境而受了重傷，能遮住傷口、止血療傷的，仍唯有自己。

夏日將盡。但只要打開書，一個晚上還是能來一趟豪華旅行。

讓大人落淚的「童心」

《什麼是「寶物」？》（伊勢華子編・著，Paroru舍）
《頸部發出聲響的女孩》（岡崎祥久著，講談社）

八月三十日，下午兩點左右，在往東京方向的中央線電車上，如果有人看到有個女人在哭，那就是我。爲了不造成各位的誤解，我先講清楚。那天我不是被心愛的男人狠狠甩了，也沒有被詐騙集團騙走一大筆錢，我只是在讀書。在車上漫不經心讀著那本方方正正的《什麼是「寶物」？》，突然就哭了起來，想停都停不了，卻也無法就此放下那本書。

作者走訪二十二個國家，詢問超過一百個孩子：「什麼是『寶物』？」並請他們畫下來，集結成這本書。有的孩子回答「家」，也有說是「金錢」。其他像是朋友、家人、寶可夢筆記本、院子裡的樹……五花八門的答案令人大感意外，而他們的畫作，也充滿個性，超乎我的想像。

在沒有停戰期的非洲厄利垂亞（Eritrea）難民營中，孩子畫了他們認為是「寶物」的花朵。但當地完全看不到花開。

書中介紹了富裕的國家、沒有太多資源的國家、享有豐富大自然的國家、也有在地圖上找不到名字的國家。但無論在什麼地方，孩子們都能找出寶物，並珍惜擁有。這真的很了不起。

看著孩子們的一件件寶物，感覺觸碰到他們心裡最純淨的部分，而這裡似乎具備一股力量，能讓大人忍不住在大庭廣眾下哭泣。

一星期之後，九月六日。如果有人在內環路線的山手線上看到有個女人癡癡傻笑，那也是我。話說回來，當天並不是有意中人向我表白，我也沒中樂透。原因仍只是在讀書。

《頸部發出聲響的女孩》這本小說講的是經過兩次重考，終於進入大學夜間部的主角片貝，他的愛情故事。背景是在十幾年前，整個社會景氣正好，一片欣欣向榮的時代。然而，片貝這個角色卻跟繁華沾不上一點邊。雖然他跟認為「沒錢就活不下去」而拚命打工的另一名夜校生富來子相戀，兩人卻沒有能在一起共處的地方。深夜裡，兩人就像漂流在繁華時代背後的黑暗面，在下課後不停轉乘地下鐵，漫無目的徘徊在城市裡。

片貝刻意裝傻時說出的話正經八百，我覺得實在太莫名其妙，在電車上不知道忍了多少次不大聲笑出來。

話說回來，這般年輕氣盛為何無處可去？情侶為何如此無奈？甚至連自己的情緒也無法妥協。自此之後，就算在街上看到卿卿我我的情侶，我再也不會顯得不耐煩而咋舌。

九月七日，在總武線上帶著笑容發呆的，還是我。不是因為寂寥落寞，令人難以相信的是，我正在回味這本絕美的小說。

眼鼻心都受到刺激

《文人暴食》（嵐山光三郎著，Magazine House）

《南方島嶼星之砂》（文・圖・譯：Cocco，河出書房新社）

從我家到最近的郵局，走路不用五分鐘，卻必須經過一條「煩惱路」。「煩惱路」是我取的名字，因爲在這條飲食店家林立的小路上，有太多吃吃喝喝的煩惱刺激著我。走著走著，左邊就是一間冰淇淋店，右邊是蛋糕屋，還有日式甜點店、賣起司的、甜甜圈，還有煎餅店、賣炸物的、賣拌飯的，應有盡有。

每次要去郵局，我的雙眼跟鼻子就得在這條煩惱路上飽受折磨，五分鐘走完的路有時卻得耗上半小時。等到回過神來，雙手提著大包小包，有蛋糕、起司、煎餅……。如果有另一條路能通往郵局，我保證自己能比現在瘦上三公斤。

結果，我發現了一本書，讓我對自己小鼻子小眼睛的想法一笑置之。《文人暴食》這本書，描寫生長在明治、大正、昭和時代衆家文人的飲食生活，內容有趣到教人激動。對比之下，爲了在煩惱路上增加三公斤體重這種事情而感嘆，這樣的煩惱簡直微不足道，太可笑也太窩囊。

我不知道原來武者小路實篤是味覺白痴，不知道鈴木三重吉的酒品極差，不知道室生犀星對吃的慾望無窮。不，更重要的是，我過去從來不知道，這些文人對飲食上的煩惱竟然如此強烈又獨具個人特色。

一群文人的小故事，完全超出飲食範圍，談到各人的人生、作品論，有時提到交遊關係，甚至是時代背景。不，或許該說，飲食本身就揭露了一切。過去我明明不擅文學史，然而這本書我不但讀得津津有味，甚至連書中介紹到還沒讀過的作品也想看看。三十七位文人的飲食之道，對我的雙眼、鼻子還有心靈，帶來比「煩惱路」更強上好幾倍的刺激。

另一本要介紹的是繪本《南方島嶼星之砂》。故事非常簡單，使用的詞彙也很少。正因爲如此，更突顯出插圖的美。「只要有十二色就能呈現所有顏色！」作者這句話讓我大吃一驚。因爲書中的插圖看起來全都複雜且扎實，完全看不出是只用十二色的蠟筆畫出來。

星空、暴風、朝陽，我凝視著繪本，突然想到這感覺跟什麼好像……啊！對了！跟在海裡一樣。潛入海水中張望四周，會發現時間的流逝似乎跟在陸地上不同。有著不同的法則，充滿不同的色彩。四下無聲卻又像聽到有個不間斷的聲響，光束搖曳彷彿訴說著什麼。這本繪本具有如此神奇的魅力，只要一打開，就能感受到宛如散步在海中的氣氛。

在煩惱路上毫不猶豫買了東西，吃得飽飽後睡個午覺，睡夢中漂浮在大海上。眞是幸福的秋日時光。

為「認真」的人生哲學增添戲劇性

《黃眼睛的魚》（佐藤多佳子著，新潮社〔中文版爲麥田出版〕）

《激動地打倒》（澤木耕太郎著，文藝春秋社）

「我討厭不成體統。」《黃眼睛的魚》裡的主角，十六歲的木島悟這麼說。「認眞起來是很可怕的。一旦認眞，就會有結果，你會看到自己的極限在哪裡。」

故事的核心人物就是他，木島悟，跟另一名叫美典的高中生。兩人受到身邊一群大人很深的影響。話說回來，這些大人都非常另類，要不受影響比較難。

例如，木島悟的父親，在跟他母親離婚之後，只在木島悟還小的時候見過他一面。這個怎麼看都覺得很糟糕的父親，對木島悟往後的人生卻起了很大的作用。

還有美典的舅舅。單身的舅舅以繪畫插圖和漫畫為生，他的工作室成了美典的避難所。另外，木島悟崇拜的一名咖啡廳女店員。這名充滿神祕感、如夢幻般的女子，也影響了悟與美典的生活。

身邊圍繞的全是社會上一般認為無可救藥的大人，或許應該說正因為如此，才讓悟跟美典用他們自己的方式來了解自我，了解好惡，了解人生的每一天，了解所謂「認眞」。

書中也將他們居住的海邊小鎭描寫得非常吸引人，每個故事都像影片一樣，令人留下深刻印象。這部讀來暢快眞摯的小說，忍不住讓人欣羨起正值十幾歲青春年華的兩人。

《激動地打倒》這本與運動相關的紀實著作，則鮮明刻畫出木島悟口中的「認眞」，也就是結果與極限。

高爾夫球、賽馬、拳擊、馬拉松，我列出來的這些運動項目，每一項我都不懂得詳細規則，卻不知不覺就被深深吸引。

我想，可能再也沒有任何人能像這位作者一樣，可以將運動場景描寫得如此生動流暢又富戲劇性。快轉、慢動作，從暫停到單格播放，甚至重複播放，光用語言就能自由自在呈現這些運動畫面。事實上，我曾在大螢幕前觀看賽事實況，感受過那股激動情緒。對著努力想要超越極限的選手加油打氣，有時不禁感動落淚。

運動員的一舉一動背後都有好多故事。有想法、有期待、有命運，有不斷「認眞」的結果，在那之後還有其他的，除了勝負之外，有更深入的意義。作者描寫的層次就到這麼深，連光與影都清楚呈現。結果，這本作品跟純粹的運動賽事觀戰紀錄大異其趣，在於深刻描寫人與人生，有時甚至深入到令人恐懼。

如果我認識了木島悟，一定會強迫推薦這本書給他。像個成熟的大人告訴他，書本就跟活生生的人一樣，也很有吸引力唷。

話說回來，其實我眞正希望的是回到跟悟和美典同樣的十六歲，跟帶著率直眼光看世界的他們，一起眞心聊聊天，談談什麼叫做「認眞」。

有機會思考與對方的距離

《卵之緒》（瀨尾麻衣子著，Magazine House）
《在廚房裡活力十足》（山本富美子著，大和書房）
《即使某天從記憶中遺失》（江國香織著，朝日新聞社）

念幼稚園跟小學時，每到母親節或父親節，學校經常會要我們寫卡片，我好討厭這件事。「非常感謝！」寫的大概都是這類固定的話，但要把卡片交給爸爸、媽媽時，我都覺得好丟臉，眞希望自己就此消失。

明明平常從來不會道謝，明明對便當老是抱怨，卻只在這一天裝模作樣講什麼「非常感謝」，眞是再沒比這更厚顏無恥的事了，丟臉死啦。

不過，最近我開始覺得似乎所有這類節慶活動都是爲了像我這樣想法有些扭曲的人而存在。平常不會做的事，就趁著節慶活動時裝模作樣一番。用「因爲是耶誕節」當藉口，送身邊的人禮物。單純的問候、感謝、好感、賠罪、愛，耶誕禮物裡可以隱藏著各式各樣的意義，我覺得非常方便。

比方說，送給重要的人《卵之緒》這本小說。這本書裡有個可能是撿來的「我」，和充滿魅力的母親，還有母親的男友阿朝。沒有血緣關係的三個人，組成了雖然脆弱卻有一股明確力量的家庭。

我用書中母親傳授給「我」的一個「非常簡單就能辨別出自己喜歡的人是誰」的方法，也找出了我喜歡的人，讓我好吃驚。方法眞的好簡單，重點就在於誰跟你一起。我也想借用這位讓我崇拜的母親的話，「分辨對自己來說誰很重要」的方法，我認爲其中一項就是「想推薦這本書的對象」。

或者，也可以給像這樣每天在一起的人《在廚房裡活力十足》這本隨筆集。

無論是爸爸、媽媽、或你自己，甚至是全家人，總之有人做好所有的家事，讓大家每天能好好生活。就算再怎麼疲累，生活可是不等人的。因此，這本書裡介紹的就是如何享受每一天，還有對於每天該做的雜事樂在其中，集結了無數的巧思和創意。即使不是母親或主婦，也會覺得很有趣，值得參考。這本書也輕描淡寫，讓人學會面對一件事時可以從多方面來掌握趣味。

《即使某天從記憶中遺失》這本小說，我想要送給十幾歲年紀的年輕人。給那群當然不可能每天都非常開心，卻感覺自己總像是穿了不合尺寸的鞋的十幾歲年輕人。

本書以女校爲舞臺，描述十七歲高中生的心境，我也想把這本書給當年十七歲、對凡事都看不順眼的自己。了解到在自己之外，還有其他不同的十七歲生活，有這麼多各式各樣的孤獨，我就會覺得自己似乎得救了。

送書給別人，也是個可以好好考慮致贈對象，以及對方與自己之間距離的絕佳機會。而這樣溫馨的想法，耶誕節正是非常適合加以實現的時期。

那麼，祝各位有個美好的耶誕佳節。

永遠流轉的幸福瞬間

《阿根廷婆婆》（吉本芭娜娜著，rockin'on〔中文版爲時報出版〕）

《生日故事集》（村上春樹編譯，中央公論新社）

前一陣子才剛覺得夏天也快到尾聲了呢，沒想到回過神來已經是年底。哇呀！驚魂未定下新年又過了，都要二月啦。時間怎麼過得這麼快！想必今年也在發牢騷之中眨眼過完。

才大過年的就想到今年年底，忍不住嘆氣的我，讓人覺得很可憐嗎？但《阿根廷婆婆》這本書傳授了延後時間流逝的祕技。

這本書名風格特殊的小說，從主角光子母親過世之後講起。光子她身爲石匠的父親，在妻子死後搬到小鎭外圍的一棟廢棄建築，大家稱那棟建築物是「阿根廷大樓」。光子來到這棟破舊又另類的大樓尋找父親，見到了爸爸的新女友，阿根廷婆婆。

在飛逝而過的時間中，我們戀愛、工作、成家，全都在一眨眼中度過，一直活到最後的一瞬間，然後死亡。在這本書中時間也以飛快的速度流過，唯有跟其他人共享的幸福剎那，看起來會像是湯匙前端蜂蜜滴落的慢動作。緩慢的程度甚至令人有種錯覺，以爲這就是永遠。

附註一點，除了精彩的插圖跟照片，內文還附上英文對照[1]，以這個價格來說眞的不貴，大力推薦。

《生日故事集》收錄了十位外國作家，加上譯者本人，針對生日這個主題的短篇作品。無論是老人或嬰兒，個性彆扭或天生殘暴，每個人都很平等地擁有生日這

1　這裡指的是日文版。

一天特別的日子。就像實際上大家過著形形色色的生日，這本書裡頭也有十一個不一樣的生日。

有非常精彩值得驕傲的一天，也有悲慘到極點甚至像是遭到詛咒的一天。看到爲了唯一的蛋糕絕不退讓的老婆婆不禁苦笑，偏偏選在生日當天犯下愚蠢罪行的年輕人也教人啞口無言。

仔細想想，那些飛逝而過的時間就從生日開端。我們因爲某個原因而來到這世界，無論主動或被動，時間就這樣流逝，然後每一年會有這麼一天過生日，彷彿要讓我們確認時間經過的速度，還帶著只屬於當事人的小故事。

這兩本都是十年後、二十年後，隨著讀者年齡增長之後推薦重讀的小說。每次閱讀一定會看到不同的故事。故事背後的意義及色彩，會隨著讀者的改變產生有趣的呼應吧。

新年伊始，祝大家有精彩的一年。也祝你今年的生日是美好的一天。

與他人共享不可思議的記憶

《求愛瞳孔反射》（穗村弘著，新潮社）
《琪兒☆》（文·圖：松井雪子，講談社）

假設跟父母或兄弟姊妹，還是情人或朋友，總之一起度過很親密的一天。過了幾年，唉，也不必等上幾年，過了一星期之後就好，跟一起度過那一天的人對照一下當天的狀況，會發現記憶的落差很驚人。我看到劃過天際的飛機，他／她看到正在散步的一隻巨貓；我在咖啡廳看到一對男女吵得不可開交，他／她新發現一間大排長龍的拉麵店。世界跟現實並不只有一個，而是集合了數不清的種類。

以十一歲少女為主角的小說《琪兒☆》，裡頭出現的是跟我們一般認知的現實稍微不同的另一個世界。一名拒絕上學的女孩琪兒，在她身邊出現了一種只有她才看得到的奇妙生物「扭扭蟲」。扭扭蟲只是跟著她，沒有任何幫助，反倒還會若無其事講些損人的話。

琪兒生活的世界就像一條長長的緞帶，有時候拉得筆直，有時候扭曲，過去與未來在瞬間交集。琪兒跟扭扭蟲漂流在這個世界，悠遊其中，與失去朋友的女孩、沒有遵守約定而死去的老狗，甚至琪兒理論上不存在的弟弟等人，相遇，再離別。

搭配上用鉛筆描繪的插圖，使得這本書帶給人非常奇妙的印象。讀完之後就像在遙遠的異國旅行了一趟，也彷彿自己在當地體驗了不捨的離別。

《求愛瞳孔反射》這也是一本風格非常特殊的詩集。用眼睛看著其中的話語，感覺全都在腦子裡轉來轉去。一下子像是用魚眼鏡頭放大觀察平常看慣的景象，一下子又像搭乘直升機俯瞰，感覺毫無秩序地重複。平常很普通的詞彙，經過作者的手筆之後，有時變得毫無意義，有時彷彿背後還有多重解釋，如同奇妙的暗號。而暗號之中有些完全無法解讀，有些似乎能與我個人的記憶對照（其實應該是讓我產生錯覺）。總之，非常有趣。卻不是讓人哈哈哈高聲歡笑的那種，而是忍不住偷偷揚起嘴角的趣味。

這本詩集的後記寫到「兩人如同一體」的戀人。說到在這個世界上，跟某個人一起度過某一天，一定會看到相同的景象，如同奇蹟般留下一模一樣的記憶。我突然驚覺，對象不是情人也不是朋友，但仍能跟陌生的某個人看到相同的風景，共享同樣的記憶。只要閱讀像這兩本的書籍，就能建構起一個世界，在閱讀之中讓我們在這個世界中到處探險。讀完之後，對於不可思議的奇妙體悟擁有共鳴。就算素未謀面，也能想起相同的記憶。

幸福．平穩的「意志」

《Mika X Mika!》（伊藤高見著，理論社）

《真實世界》（桐野夏生著，集英社）

所謂幸福、平穩、一切順遂，過去我一直認為指的是某種「狀態」（比方說，戀愛順利的話，就是幸福的狀態）。但在我讀過這次要介紹的兩本書之後，我有了不同的想法，或許這些字眼指的是某種「意志」。

《Mika×Mika!》的主角是中學二年級的祐介，他有個名叫美加的雙胞胎妹妹。兩個人只是很普通的中學生，成天想著包括戀愛、將來，以及「事物風格」等種種。他們的父母離婚後，兩人跟著父親生活。

看著身邊沒發生什麼大事，每天平淡過生活的祐介等人的「此刻」，忍不住感覺他們是在某種堅定的意志下度過每一天。眼看著就要跨越到明天的這一瞬間，還有像是劃下界線一掀開地面可能就會進入另一個世界的這個地點。因爲了解此時此地的瞬息萬變，更小心翼翼支持著、守護著這個當下，和這個地點。文靜穩重的祐介、不讓鬚眉的美加，另外還有他們的朋友、父親跟他的戀人，所有人默默守護的無形事物，隨著故事演進慢慢浮現，令人感覺到此刻的可愛，以及莫名的不捨。

而《眞實世界》則是描述在「此刻的地點」劃下一刀後誤入另一個世界的一群高中生。

四名高中女生偶然捲入一起高中男生的弒母案，然而在這本小說裡，弒母這起案件一點也不戲劇性也不駭人聽聞，說穿了就只爲了很單純的契機。

十四子、希良梨、寺內、雄山，四名個性完全不同的女孩，果然以莫大的意志武裝自我，掩飾現實的裂痕，並同時抑制從自身流露出的闇黑。她們試圖藉此讓現實繼續流動不停滯，自己也能當個安穩的高中生。然而，出現了一起捏碎各人意志的案件，現實改變了面貌，每個人都被拋到另一個世界。推動小說情節發展的不是弒母的男孩，而是這四名女高中生，以及她們不得不面對的自身黑暗面。這本小說讓我深刻體會，在處理黑暗面時，究竟該照亮它？該視而不見？還是用力擁抱？這又得靠我們自己的意志來取決了。

人生散步 LWH0010

名為我的天體，名為他的宇宙

——關於我那些莫名其妙的愛情、閱讀及平凡日常

作　者—角田光代
譯　者—葉韋利
主　編—李宜芬
編　輯—邱淑鈴
美術設計—兒日
企　劃—張瑋之
校　對—邱淑鈴、葉韋利

總 編 輯—余宜芳
發 行 人—趙政岷
出 版 者—時報文化出版企業股份有限公司
10803臺北市和平西路三段二四〇號四樓
發行專線—（〇二）二三〇六—六八四二
讀者服務專線—〇八〇〇—二三一—七〇五
（〇二）二三〇四—七一〇三
讀者服務傳真—（〇二）二三〇四—六八五八
郵撥—一九三四四七二四時報文化出版公司
信箱—臺北郵政七九～九九信箱

時報悅讀網—http://www.readingtimes.com.tw
法律顧問—理律法律事務所　陳長文律師、李念祖律師
印　刷—勁達印刷有限公司
初版一刷—二〇一八年二月二日
定　價—新台幣三〇〇元
（缺頁或破損的書，請寄回更換）

時報文化出版公司成立於一九七五年，
並於一九九九年股票上櫃公開發行，於二〇〇八年脫離中時集團非屬旺中，
以「尊重智慧與創意的文化事業」為信念。

名為我的天體，名為他的宇宙：關於我那些莫名其妙的愛情、閱讀及平凡日常 / 角田光代著；葉韋利譯. -- 初版. -- 臺北市：時報文化，2018.02
面；　公分. -- (人生散步；LWH0010)

ISBN 978-957-13-7307-2(平裝)

861.67　　107000436

ISBN 978-957-13-7307-2
Printed in Taiwan